GEFUNDENE LIEBE – MIT MEINEM EX

B. E. BAKER

IMPRESSUM

Purple Puppy Publishing
Director: Bridget Baker
Website: www.BridgetEBakerWrites.com
email: bridgetebaker@gmail.com

Mailing Address:
16419 Pecan Dr.
Sugar Land, TX 77498

I

KAPITEL EINS: ADDY

Als Kind habe ich mehr Zeit mit dem Ausschneiden von Gutscheinen als mit Zeichentrickfilmen verbracht. Mutter setzte für uns ein knappes Budget durch, und damit meine ich »ein Päckchen Kaugummi können wir uns nicht leisten« knapp. Das hat mich motiviert, fleißig zu studieren, mich bei der Arbeit abzurackern und fokussiert zu bleiben, damit ich in meinem Leben nicht jeden Cent umdrehen muss.

Ich habe während meiner kompletten vierjährigen Collegezeit Teilzeit gearbeitet, in jedem Sommer und während jeder Urlaubspause die bestbezahlten Jobs aufgespürt und mir zwischen dem Schulabschluss und meinem ersten Arbeitstag nur vier Tage frei genommen. Ich sagte mir, ich würde alles im Nu abbezahlen, wenn ich erst mal mein Diplom habe und Geld verdiene. Danach würde ich die schönen Seiten des Lebens genießen – endlich.

Aber nun arbeite ich seit vier Jahren Vollzeit und bin immer noch völlig abgebrannt.

Nach den Steuern und der FICA – was zum Geier ist die FICA überhaupt? – deckt mein Lohn knapp die Miete, die Nebenkosten und die Raten meines Studienkredits. Danach bleiben mir monatlich noch 885 Dollar für alles andere, was ich brauche. Essen? Zahnpasta? Ja, all das zehrt am selben, winzigen Budget.

Deprimierenderweise konnte ich in den vier Jahren, seit ich meine Arbeit für das Princeton Public Relations Lab aufgenommen habe, nur 711 Dollar sparen. Eigentlich mag ich meinen Job wirklich – er müsste nur besser bezahlt sein.

»Nächsten Freitag!« Die Stimme meiner Freundin Elana klingt hoch und piepsig, wenn sie ihre Aufregung zu unterdrücken versucht. Wie bei einem Labrador-Retriever, der einen Tennisball zusammenpresst. »*Nächsten Freitag* wird verkündet, welche beiden Kundenbetreuer zum Supervisor befördert werden.«

Es ist eine große Beförderung ... und noch wichtiger ist, dass sie eine angemessene Lohnerhöhung mit sich bringt. »Zwölf Tage.« Ich stöhne. Das ist zu bald und gleichzeitig zu weit in der Zukunft. Wie kann beides zutreffen? »Weißt du, ob sie sich schon entschieden haben?«

Elana rollt auf mich zu, die Räder ihres Bürostuhls schwirren und sie quetscht sich in meine winzige Arbeitsnische. »Für eine der beiden, ja.«

Sie spricht von Victoria Marina, der Enkeltochter des Leiters der Abteilung Kundendienst. Sie ist bildhübsch, brillant, und sie ist extrem faul. »Es ist so unfair.« Ich senke vorsichtig die Stimme. Über Vetternwirtschaft zu murren führt schnurstracks ins Nirgendwo. Niemand scheint auf uns zu achten, aber wenn man in einem Goldfischglas arbeitet, kann man sich dessen nie ganz sicher sein.

Elanas Stimme ist ein leises Flüstern. »Wie ich hörte, haben sie die andere Position auf zwei Spitzenkandidaten eingegrenzt.« So macht sie es immer – sie hält die wichtigste Information zurück. Sie glaubt, das wäre charmant. Normalerweise möchte ich sie deswegen erwürgen, obwohl sie meine beste Arbeitskollegin ist. Diesmal aber bin ich hungrig auf die Informationen, die sie mithilfe ihrer bemerkenswerten Sozialkompetenz aufgedeckt hat.

»Und?«

»Yvette.« Ihr Kopf dreht sich in dieselbe Richtung wie meiner – zur gegenüberliegenden Wand. Yvette Morris ist *das Letzte.* Sie beherrscht ihre winzige Ecke des Büros mit grenzenlosem Selbstvertrauen, wobei sie gleichermaßen Ratschläge und Verachtung verteilt.

»Sie ist seit fünf Jahren hier«, räume ich widerwillig ein. Sie hat ein volles Jahr vor mir angefangen.

Aber ich arbeite so viel härter.

Bis spät abends. Frühmorgens. Von zu Hause aus. Ich nehme Anrufe entgegen, wenn sie hereinkommen, und opfere dabei meine Pläne dafür, was erledigt werden müsste.

»Du übernimmst auch die schwierigsten Fälle und die, die niemand haben will. Wärst du eine Klempnerin, würdest du dich all der geborstenen Abwasserleitungen und kaputten Toiletten annehmen.« Elana zuckt mit den Achseln. »Was wahrscheinlich der Grund ist, warum Lucas sagte, dass die andere Person, die zur Auswahl steht ... du bist.«

Sie hat es schon wieder getan – sich diese Information bis zum Ende aufgespart. Die ganze Luft entweicht aus meinen Lungen, was es mir fast schon verunmöglicht, die Worte hervorzupressen. »Ich? Bist du dir sicher?«

Elana nickt, und ihr Mundwinkel verzieht sich nach oben. »Was denkst du, warum ich wohl hierher geflitzt bin?« Sie zieht einen Snickers-Riegel aus ihrer Tasche. »Den hatte ich mir für die nachmittägliche Flaute aufgespart, wenn mein Blutzuckerspiegel sinkt und ich nur noch ein Nickerchen machen will. Aber jetzt sollte ich ihn wohl als Mini-Feier mit dir teilen, schätze ich mal.« Sie wartet nicht ab, um zu fragen, ob ich eine Hälfte haben möchte – ich will von jeder Schokoladensorte immer die Hälfte.

»Aber es ist ausgeschlossen, dass sie mich wählen, wenn wir beide zur Auswahl stehen.« Yvette führt sich bereits wie ein Supervisor auf und kleidet sich auch so. Sie ist mir um ein Jahr voraus.

»Es wäre hilfreich, wenn du aufhören würdest, Stöckelschuhe zu tragen, die du deiner *Oma* geklaut hast.« Elana überreicht mir eine Snickers-Hälfte.

Ich schiebe meine Füße, die in klotzigen schwarzen Stöckelschuhen mit zahlreichen Abnützungserscheinungen stecken, unter meinen Stuhl zurück. »Ich bin mir sicher, dass sie keine Entscheidungen aufgrund unserer Kleidung treffen.«

»Es ist eine *PR-Firma«,* sagt Elana. »Natürlich beruhen ihre Entscheidungen darauf, wie du dich kleidest. Ist doch logisch.«

»Sie hat schon recht.« Harriet schiebt sich an Elana vorbei und hockt auf den Rand meines Schreibtischs.

Das Herz hämmert mir in der Brust – zumindest war Harriet die Einzige, die uns gehört hat. Sie ist die Direktorin, mit der ich am meisten zusammengearbeitet habe und eigentlich auch meine einzige Freundin im Management. »Deine Informationsquellen sind gut.« Sie nickt Elana zu. »Aber den springenden Punkt hast du übersehen.«

Mein Hals fühlt sich trocken an, also räuspere ich mich. »Und welcher wäre das?« Das Snickers beginnt allmählich, in meiner Hand zu schmelzen, aber momentan kann ich es mir schlecht in den Mund stopfen und auch nicht anderswo verstauen. Ich bewege die Hand so, dass sie es nicht sieht.

»Ich habe keine ausdrückliche Berechtigung, das mit dir zu teilen.« Ihre Schultern schieben sich nach oben und ihre Stimme senkt sich geringfügig. »Aber wir waren alle der Meinung, dass du die bessere Wahl bist. Du löst Schwierigkeiten elegant und arbeitest härter als irgendjemand sonst. Diese beiden Punkte hätten ausgereicht, um dir eine Beförderung zu garantieren, wenn du gegen jemand anderen als Yvette antreten würdest.«

»Das verstehe ich nicht. Sie legt sich nicht so sehr ins Zeug«, sagt Elana. »Warum liegen die beiden gleichauf?«

»Sie zieht Neukunden an Land«, sagt Harriet. »Ziemlich viele für eine Nullachtfünfzehn-Kundenbetreuerin.« Sie wirft die Haare in den Nacken. »Und nach unserer Zählung hast du für uns ... genau einen Kunden gewonnen.«

Sie erwähnt nicht, dass mein Neukunde weder lukrativ noch glamourös war. Zudem handelte es sich dabei eher um einen Zufallstreffer.

Der Hundesalon, in den ich meinen Zwergspitz Foxy bringe, hat Maulkörbe benutzt. Das ist generell so üblich. Wer würde sein Haustier schon zu einem Hundesalon fahren, wenn das Bürsten so leicht ist? Es sind mehrheitlich die knurrenden, beißenden Hunde, die einen Termin beim Profi brauchen, also sind Maulkörbe eigentlich notwendig. Aber ein Haustierbesitzer hat einen Angestellten des Salons dabei erwischt, wie er einen Hund angeschrien hat – die Folgen waren ziemlich dramatisch. Sie mussten beinahe das Geschäft aufgeben, als die Kunden einer nach dem anderen ferngeblieben sind. Als letzter verzweifelter Rettungsversuch haben sie mich angerufen und ich bearbeitete den kompletten Fall alleine, wobei ich den optionalen Rabatt von dreißig Prozent für Freunde und Familie angewendet habe.

»Eine der wichtigsten Aufgaben eines Supervisors besteht in der Kontrolle der Kundenberater und dem Kontakt zu bestehenden und potenziellen Kunden. Aber eine weitere wichtige Aufgabe ist die Fähigkeit, unseren Kundenstamm zu erweitern. Wenn sie dies effizienter umsetzen kann, dann ...«

»Du sagst also, dass ich in meiner aktuellen Position hängen bleibe, wenn ich keine zusätzlichen Kunden anwerbe?«

Harriet zuckt mit den Achseln. »Das ist so ziemlich die Antwort, ja. Es ist nichts Persönliches, aber du tust nur die Hälfte von dem, was du tun solltest, um hier Erfolg zu haben.«

»Wie viel Zeit bleibt mir?«

»Noch diese Woche, wenn du auf der sicheren Seite sein möchtest. Sie werden mit der Entscheidung nicht bis zum Tag der Ankündigung warten.« Sie dreht sich um und marschiert in Richtung der privaten Büros.

»Ein Kinderspiel«, sagt Elana. »Sorg einfach dafür, dass die Firma auf magische Weise haufenweise Geld verdient.«

Ich schnaube. »Ja, genau. Mensch, wäre es mir doch

nur schon früher in den Sinn gekommen, meine ultrareichen Freunde zu kontaktieren.«

»Yvettes Eltern sind Immobilienmakler und bringen eine Menge Häuser an den Mann. Was bedeutet, dass sie viele Leute kennenlernen. Wie ich höre, kommen all ihre Empfehlungen von diesen Leuten.«

Im Gegensatz dazu ist meine Mutter die Direktionsassistentin eines Lebensmittelgeschäfts. Und meinen Vater habe ich nicht mehr gesehen, seit mein Bruder Scott an Weihnachten vor mehr als einem Jahrzehnt einen ganzen Kübel voller Farbe auf dem brandneuen Teppich meiner Stiefmutter verschüttet hat. »Ich bin komplett aufgeschmissen.«

Elana versucht nicht einmal, mir zu widersprechen. Sie mag die Vorstellung einer Freundin, die ein Supervisor ist, aber scheinbar ist das schlicht nicht realistisch. Ich seufze dramatisch. »Wie soll ich meine Omaschuhe jemals ersetzen, wenn ich dazu verdammt bin, in der letzten Woche jedes Monats Fertignudeln zu essen?«

»Vielleicht solltest du damit aufhören, in den ersten zwei Wochen auswärts zu Mittag zu essen. Dann wäre genug übrig, um etwas Anständiges zu essen, etwa Erdnussbutter-Sandwiches.«

Das bringt uns beide zum Lachen.

Ich sage: »Ich würde lieber die Tiefen durchmachen, als nie die Höhen zu genießen.«

Harriet kommt wieder herübermarschiert, wobei sie Elana mit Blicken durchbohrt. »An ihr zu kleben hilft ihr nicht.« Sie wirft eine Zeitung auf meinen Schreibtisch. »Wenn du keine Beziehungen spielen lassen kannst, such mal da drin.«

»Ich habe nicht einmal gewusst, dass die noch

gedruckt werden.« Ich schiele auf den Titel, *Die Atlanta Journal-Konstitution*. Könnte kaum überheblicher klingen.

»Alte Leute wie ich lesen immer noch gerne auf Papier.« Harriet hält inne. »Als ich in deiner Situation war ...«

»Hast du auch alte, klobige Omaschuhe getragen?«, fragt Elana.

»Alt und abgetragen? Ja.« Harriets Miene wird weicher. »Ich hatte keine Hilfe von mächtigen oder wichtigen Personen, die mir geholfen haben, Kunden zu finden, aber von uns wird erwartet, dass wir Kunden an Land ziehen. Ich habe Hunderte von Leuten per Kaltakquise angerufen, bevor ich Glück hatte, aber das hätte jederzeit passieren können.«

»Aber wie hilft uns die Zeitung dabei?«, fragt Elana.

»Die berichten nicht über Kätzchen und Regenbogen«, sagt Harriet. »Die Mehrheit der Firmen und Personen, die darin erwähnt werden, werden Hilfe brauchen.«

Sie ist brillant.

»Jetzt geh mal zurück an die Arbeit, Elana. Lass Addy einige Anrufe machen.«

Im Artikel auf der Titelseite geht es um giftigen Schimmelbefall, aber an den dadurch verursachten Schäden hat niemand Schuld und wenn es keinen Schimmel-Verband gibt, würde uns auch niemand für unsere Dienste bezahlen. Ich muss allerdings nicht allzu weit blättern, bevor ich etwas Vielversprechendes entdecke. Auf der zweiten Seite blickt mir über dem Faltknick ein bestechend attraktives Gesicht, das ich nie vergessen werde, entgegen.

NEWBERG-AUTOREPARATUR STARK REPARATURBEDÜRFTIG

Die Geschäftsstellenleiterin des Firmensitzes von Newberg Auto in Centennial Hill hat heute gegen Benjamin Newberg eine Klage wegen sexueller Belästigung eingereicht. Faith Johnson gibt an, der Besitzer der großen und erfolgreichen Autoreparatur-Kette hätte sie mit finanziellen Anreizen geködert, damit sie an Sexualakten teilnimmt und dann unter Druck gesetzt, als diese Versuche fehlschlugen. Sie sagt, dieses Verhalten hätte sich über einen längeren Zeitraum fortgesetzt – mehr als ein Jahr lang. Den Rechtsweg beschritt sie erst, als sie schwanger wurde und er auf einer Abtreibung bestand.

Der zuständige Stadtrichter hielt die vorläufigen Hinweise für ausreichend überzeugend, um für diesen Fall ein Gerichtsverfahren einzuleiten. Ms. Johnson wird durch Axel, Knorr und Hoff vertreten. Bei unserer Kontaktaufnahme hatte Mr. Newberg keinen Kommentar für uns und auch seine Frau verweigerte eine Erklärung. Als unser Personal aber vier unterschiedliche Standorte besuchte, hat das Geschäft gebrummt. Wie es scheint, haben sich für das mutmaßliche sexuelle Fehlverhalten bisher noch keine Konsequenzen ergeben.

Beinahe zehn Jahre lang war Ben Newberg mit seinem breiten, gewinnenden Lächeln, der Figur eines Leichtathletik-Champions und den perfekt gesträhnten blonden Haaren derjenige, der mir »entwischt« ist. Ich versuche, den Anflug von Eifersucht zu unterdrücken, der mich beim Gedanken überkommt, dass er nun eine Frau hat, denn das ist lächerlich. Warum sollte ich auf diese arme Frau eifersüchtig sein?

Ich bin froh, dass er mich damals fallen ließ – wie viel schlimmer wäre es nun um mein Leben bestellt, wenn *ich* diejenige gewesen wäre, die ihn geheiratet hat? Ich reiße die Seite ab und falte sie zusammen, um sie meiner Mutter zu zeigen.

»Ooh, hast du jemanden gefunden?« Elana späht über den Rand der Trennwand zwischen unseren beiden Arbeitsnischen.

Ich schüttle den Kopf. »Nein. Es hat sich nur herausgestellt, dass der Typ, für den ich in der High School geschwärmt habe, noch ein größerer Blindgänger ist als gedacht.«

»Wow, ist einem Bekannten von dir etwas Schlimmes passiert?« Ihre Augen werden groß. »Ist das nicht *genau* das, was du brauchst?«

Ich blinzle. »Um mich als Verliererin besser zu fühlen, meinst du?«

»Nein, das ist eine Verbindung, Mädchen. Und die nutzt du mal besser aus.«

2

KAPITEL ZWEI: ADDY

Es ist absolut ausgeschlossen, dass ich in Ben Newbergs Büro marschiere und sage: *Hey! Erinnerst du dich an mich? Das Mädchen, mit dem du geflirtet und das du auf ein Date mitgenommen hast, um ihr dann einen Korb zu geben?*

Ich schüttle den Kopf. »Ich habe keine Verbindung. Das ist eher eine gekappte Stromleitung oder etwas in der Art.«

»Mädchen. Was glaubst du denn, was Verbindungen *sind?* Niemand hat Leute, die einfach herumstehen und darum betteln, dass man ihnen hilft.« Sie lacht. »Es ist jemand, den man kennt. Und wenn etwas Schlimmes passiert, ist man da und bietet seine Hilfe an.«

»Er ist nicht jemand, den ich kenne. Ich *habe* ihn gekannt, damals in so ungefähr der 10. Klasse, und nur für ein paar Wochen. Seither haben wir kein einziges Wort mehr gewechselt.«

Sie reißt mir die Zeitung aus der Hand und faltet sie auf. »Oh mein Gott, schau dir diese Kieferpartie an.« Ihr klappt der Mund auf. »Nein, vergiss den Kiefer. Schau dir die Augen an.« Sie blickt zu mir hoch, während ihre Finger das Papier zerknüllen. »Dieser Typ, den du nicht kennst, ist superheiß.« Sie beißt sich auf die Lippe.

»Hast du den Artikel überhaupt gelesen?«

Ihre Augen fokussieren sich und richten sich nach unten. »Oh, ein Sexskandal?« Sie lässt die Zeitung auf meinen Schreibtisch fallen. »Wer braucht schon eine Beförderung. Lass ihn einfach verrotten.«

»Aber ich brauche die Beförderung wirklich, und jemand wird sein Geld bekommen. Das könnten genauso gut wir sein, oder?«

Würde die Tatsache, dass er mich vor langer Zeit gekannt hat, mir dabei helfen, diesen schrecklichen Job zu bekommen? Ich meine nur, jemandem wie ihm aus der Patsche zu helfen – oder seine Firma zu retten – ist das Letzte, was ich will. Aber ich habe die PR-Branche gewählt. Das ist ein ziemlich signifikanter Teil dessen, was wir tun. Wir helfen ihnen, ihr Image zu verbessern, wenn sie etwas komplett vermasselt haben.

Bevor mir weitere Zweifel kommen können, suche ich online nach der Firmen-Adressliste, nehme mein Geschäftstelefon in die Hand und wähle.

»Newberg Unternehmensgesellschaft für Autoreparaturen«, sagt eine weibliche Stimme. »An wen darf ich Ihren Anruf weiterleiten?«

»Ben Newberg.« Meine Hände zittern, als ich die Worte über meine Lippen zwinge.

»Er ist nicht hier«, sagt sie. »Er bereitet sich auf eine Pressekonferenz vor. Und wenn es hier um ...«

»Eine Pressekonferenz? Wann und wo findet die statt?«

Sie rasselt die Information herunter – ein Hotel unweit ihres Büros – und ich blicke auf meine Uhr. Mir bleiben eine Stunde und vierzig Minuten. Gerade genügend Zeit, um erste Ideen zu sichten und einen groben Aktionsplan zu erstellen. Ich bin hektisch damit beschäftigt, die grundlegenden Ideen auf einige Diagramme und Darstellungskarten zu bringen, als Elana mich anrempelt.

»Was?«

»Ich habe dreimal deinen Namen gerufen, Raumkadett. Was machst du da?«

»Sie führen eine Pressekonferenz durch, und ich werde ihm die Dienstleistungen unserer Firma schmackhaft machen.«

»Wer ist dieser Kerl überhaupt? Ein glückloser Ex-Freund?«

Das wäre wünschenswert. Obwohl – jetzt, da ich weiß, zu welchem Menschenschlag er gehört, vielleicht auch nicht. Äh, definitiv nicht. »Er war so mehr oder weniger der König unserer High School.«

»Echt?«

Ich zucke mit den Achseln. »Vielleicht nicht der König, aber ein Earl oder Herzog oder so etwas.«

»Kennst du überhaupt den Unterschied zwischen einem Earl und einem Herzog?« Elana wölbt eine Augenbraue. Sie ist nie ohne einen Liebesroman in der Tasche unterwegs, von denen die Mehrheit Männer mit nackten Oberkörpern auf dem Cover zur Schau stellt.

Ich hätte gedacht, dass sie die Anspielung einzuordnen weiß. Anscheinend nicht. »Darum geht es überhaupt nicht. Er war superheiß, reich und ein Sport-Ass. Er ist einen brandneuen Sportwagen gefahren *und* hatte einen glänzend schwarzen Truck für Outdoor-Aktivitäten. Und wir haben uns vor langer Zeit kennengelernt und ich dachte, er würde mich mögen, aber das hat er nie so richtig.«

»Du argumentierst in die falsche Richtung. Also ob er sich an dich erinnert.«

»Ich bin mir sicher, das wird er, außer er hat sich in der Zwischenzeit *Unmengen* an Drogen eingeworfen.« Ich wünschte, das wäre ein Scherz. Ich hätte Geld darauf gewettet, dass der Ben, den ich kannte, nicht in einer Million Jahren jemandem nachgestellt hätte, geschweige denn um Sex angebettelt oder bedroht. Also kenne ich ihn offenbar auch nicht wirklich.

Elana beginnt damit, Hinweise zu sammeln und erklärt sich bereit, zwei verschiedene Szenarien abzubilden. Als wir dann fertig sind, bürstet sie die Aufschläge meiner Blütenrosa-Anzugsjacke ab. »Du marschierst dort hinein, lässt diesem perversen Versager die Kinnlade runterfallen und schnappst dir den Kunden.« Sie strahlt. »Und danach kannst du ihn jemand anderem anhängen, wenn du willst, aber von jetzt an verwaltest du all meine Projekte. Nächsten Freitag wirst nämlich du als die neue Managerin angekündigt, nicht Yvette.«

Ich hoffe, sie hat recht.

Bewaffnet mit meinen Szenarien und meinen Aktionsplänen winke ich ein Taxi zu mir und mache mich auf den Weg zum The Omni beim Centennial Park. Ich kann mich nicht davon abhalten, über mein allererstes Gespräch mit Ben nachzudenken. Er war so cool, so witzig und so gutaussehend. Er war so viele Nummern zu groß für mich, dass wir nicht einmal in derselben Liga gespielt haben.

Trotzdem kann ich mich nicht an die Vorstellung gewöhnen, dass Ben Newberg fremdgehen würde. Ich begreife es einfach nicht. Er war so ... rechtschaffen.

Trotz all der Jahre, die seither vergangen sind und der Art und Weise, wie wir alles fallen gelassen haben, zieht in meinem Bauch ein Schwarm von Schmetterlingen seine Kreise, als das Taxi stoppt. Links von mir ist ein Riesenrad, auf der an den Park angrenzenden Seite der Marietta-Straße. Hätte die Schule nicht gerade wieder angefangen, würden hier garantiert überall Kinder herumrennen oder anstehen und herumhüpfen, während sie darauf warten, dass sie an die Reihe kommen und hochklettern und in den Himmel hinaufschweben dürfen. So, wie es jetzt aussieht, macht mich das Ganze beinahe traurig. Einer eingebildeten Vergangenheit gleich, die nie zur Realität wurde, ist der Vergnügungspark leer und liegt fast schon vergessen da.

»Lady?«, fragt der Taxifahrer.

Ich muss mich auf das Hier und Jetzt konzentrieren. »Oh ja, Entschuldigung.« Ich bezahle den Fahrpreis, öffne die Tür und betrete den Fußweg, der zur gläsernen Vorderseite des Omni Hotels führt.

»Er ist ein Versager«, rufe ich den Schmetterlingen in Erinnerung. »Er mag ja fantastisch aussehen, aber er hat sich einer Mitarbeiterin – einer Untergebenen sogar – aufgedrängt und bezahlt jetzt für sein widerliches Verhalten. Hoffentlich hat er nebenbei noch Geld für unsere Firma übrig.«

Eine Frau, die die Straße entlanggeht, wirft mir einen Seitenblick zu, die Lippen verächtlich verzogen. Sie hätte auch einfach annehmen können, dass ich telefoniere. So etwas tun die Leute – sie benutzen Kopfhörer und reden einfach. Aber Menschen gehen immer vom Schlimmsten aus. Die Frau, die auf dem Fußweg vor sich hinmurmelt, ist offensichtlich verrückt. Der Mann, der in Zeitungsberichten als Widerling dargestellt wurde, muss tatsächlich einer sein.

Was mich daran erinnert, dass ich nicht alles glauben sollte, was ich lese, bevor ich beide Seiten angehört habe.

Ich straffe meine Schultern und marschiere durch den Vordereingang in die geräumige Lobby. Ich brauche einen Moment, aber als ich den richtigen Konferenzraum gefunden habe und mich durch die Hintertür quetsche, bleiben mir immer noch vier Minuten. Offenbar ist in Atlanta aktuell nicht viel los. Ansonsten wäre eine Pressekonferenz zum Sexskandal eines Autoreparatur-CEOs nicht so gut besucht.

Ich frage mich, ob dieser Konferenzraum absichtlich ausgewählt wurde – um sicherzustellen, dass das Ganze nur kurz dauert. Er ist klein, er ist überfüllt und es ist viel zu warm. Ich schlüpfe aus meiner leichten, für Anfang November geeigneten Jacke und hänge sie über den Stuhl, den ich mir im rückwärtigen Bereich sichern konnte. Vor und neben mir drängeln sich die Reporter. Sie murmeln und ziehen ihre Notizen zu Rate.

Was mich hier klar zum Eindringling macht. Ich suche nicht nach einer Möglichkeit, ihn weiter zu torpedieren – zu meiner eigenen Überraschung möchte ich ihm tatsächlich helfen, den Schaden zu minimieren. Ich meine nur, arbeitstechnisch betrachtet hätte ich das von Anfang an tun wollen. Das ist mein Job. Aber unabhängig davon, welche Geschichte ich mir selbst erzähle, versuche ich immer wieder herauszufinden, ob ein Teil des von mir gelesenen Berichtes unwahr sein könnte. Wie es möglich wäre, dass er ein nicht ganz so großer Schuft ist wie gedacht.

Vielleicht ist die Frau, auf deren Seite ich mich üblicherweise automatisch stelle, die eigentliche Lügnerin. Oder könnte der arme Ben die Signale falsch interpretiert und gedacht haben, sie wäre interessiert, obwohl dies nicht zutraf? Könnte er ihr einen legitimen Bonus oder so etwas angeboten haben, und sie dachte, er würde sie umwerben?

Oder vielleicht ist sie nur eifersüchtig, weil er sie nicht liebt, und hat auf diese Weise zurückgeschlagen.

Allerdings – er ist verheiratet. Und hat sie geschwängert. Ich muss aufhören zu versuchen, ihn zu dem Jungen zu machen, an den ich mich erinnere.

Uff.

Eine sehr große Person tippt das Mikrofon an. Als sie sich umdreht, wird mir klar, dass es sich um eine Frau handelt. »Mein Name ist Natasha Appenziel, und ich bin die Leiterin der Administration der Newberg-Autoreparatur. Ich bin heute mit Ben Newberg hier, um die Anschuldigungen von Ms. Johnson anzusprechen. Mr. Newberg wird zunächst eine Erklärung verlesen. Danach ist er offen für Ihre Fragen, aber nur für zehn Minuten.«

Ich zucke innerlich zusammen, als ich darüber nachgrüble, ob er überhaupt einen Plan hat. Warum gibt er schon so früh eine Pressekonferenz? Ein Teil von mir hofft, dass dies noch deutlich schlimmer wird, denn dann wird er wirklich auf mich angewiesen sein. Aber das kleine Mädchen in mir – das, das fast ein Jahrzehnt lang mindestens einmal die Woche an Ben gedacht hat – hofft darauf, dass er in der Lage ist, ans Mikrofon zu treten und sämtliche Vorwürfe zu bestreiten.

Einfach so.

Ich würde ihm glauben.

Was komplett bescheuert ist.

Als Natasha sich zurückzieht, geht eine noch größere Person, die zuvor von ihrer Gestalt verborgen worden war, auf das Mikrofon zu. Als er an ihr vorbeigeht, ist sein Gesicht endlich klar erkennbar.

Als Teenager hatte Ben diesen lässigen und trotzdem irgendwie schüchternen Charme. Er war selbstbewusst und talentiert, aber auch verletzlich. Er hatte freundliche Augen, die stets verschmitzt funkelten. Die himmelblauen Augen, die kalifornischen Surferhaare und die stilvolle Kleidung machten ihn in Verbindung mit den vielen Kilometern, die er täglich gelaufen ist, zu jemandem, der jedem Mädchen einen sehnsüchtigen Seufzer entlocken konnte.

Aber der Mann, der nun ans Mikrofon tritt, ist nicht dieser selbstbewusste Teenager.

Er ist größer. Er hat mehr Fleisch auf den Rippen, und als er die Hände auf das obere Ende des Podiums legt, wölbt sich sein Bizeps sogar durch die klaren Linien seines Anzugs. Seine Haut hat dieselbe dunkelgoldene Tönung wie immer, aber an den Augen ist nichts Jungenhaftes mehr. Es sind die Augen eines ... Schelms. Er wirkt genauso klug, lustig und spitzbübisch, aber nun haftet ihm noch etwas anderes an.

Er ist großspurig.

Was genau das ist, was ich von einem dreckigen, widerlichen Schürzenjäger erwarten würde. Als seine

Augen über die Zuschauer gleiten, verfinstert sich seine Miene und Zweifel schleichen sich ein, um sein charakteristisches Selbstbewusstsein und seinen Charme abzuschwächen. Hier sind eine Menge Leute, die zum Angriff bereit sind und ich vermute, dass er niemanden davon kennt. Es gehört zu meinem Job, die Mehrheit der Journalisten in Atlanta zu kennen. Aber nur, weil die notwendige Überzeugungsarbeit, damit sie ihre Berichte auf eine bestimmte Weise verfassen, auch zu meinen Tätigkeiten gehört.

Normale Menschen kennen keine Reporter.

»Danke, dass Sie heute gekommen sind«, sagt er. »Mein Name ist Ben Newberg, und mir ist bewusst, dass sie sich heute hier versammelt haben, um meine Firma bezüglich der von Ms. Johnson gemachten Aussagen zu konfrontieren. Als Allererstes möchte ich mich im Namen von uns allen bei der Newberg-Autoreparatur entschuldigen. Wie viele von Ihnen wissen, haben wir in den letzten zwanzig Jahren von etwa vierzig Standorten in Atlanta zu dreimal so vielen expandiert, im Norden bis Tennessee und südlich bis nach Florida. Der Grund für den Erfolg unserer Autoreparaturen und Reifengeschäfte liegt darin begründet, dass wir eine etwas andere Denkweise verinnerlicht haben als die meisten Fahrzeugreparaturen. Unser Ziel ist es, Probleme möglichst kosteneffizient zu beheben – nicht die Erwirtschaftung der größten Profite. Wenn die Leute ihre Autos zu uns bringen, sagen wir ihnen nicht einfach, wie hoch die Kosten ausfallen. Wir erklären das Problem und offerieren Optionen. Sie können die Reparatur durchführen lassen, Ersatz anfordern oder das Ganze hinauszögern. Wir haben uns mit einem Softwareentwickler zusammengeschlossen, um Daten zu den häufigsten Problemen, mit denen Fahrzeuge es zu tun bekommen, zu sammeln, und können für jede Problemstellung eine fast perfekt akkurate Vorhersage liefern, welche das Risiko einer verzögerten Reparatur aufzeigt, bis der Kunde sie sich leisten kann.«

»Sie klingen wie ein Werbespot«, ruft ein mir unbekannter Mann neben mir. »Ich bin nicht interessiert.«

»Ist es wahr? Haben Sie jemanden für Sex bezahlt?« Evangeline vom Kanal Drei hält ein Kamera-Handy – sieht aus, als hätte Stan es aus irgendeinem Grund nicht geschafft. Ich frage mich, ob sie überhaupt erwägen werden, dieses Bildmaterial zu nutzen oder ob nur zu Überprüfungszwecken gefilmt wird.

»Haben Sie ihr mit der Kündigung gedroht, wenn sie nicht mit Ihnen ins Bett geht?« Der Mann neben mir nervt sogar mich.

»Ich versuche nicht, den Journalisten heute unsere Dienstleistungen schmackhaft zu machen«, sagt Ben. »Ich erkläre nur unsere Zielsetzung und das Leitbild. Und ich habe Ihnen gesagt, dass ich Fragen beantworten werde, wenn ich fertig bin. Ich nehme freiwillig an dieser Pressekonferenz teil und würde es schätzen, wenn Sie das respektieren.«

Zwar ertönt eine Menge Gemurmel, aber es werden keine weiteren Fragen geschrien. Tatsächlich bin ich beeindruckt davon, wie er mit ihnen umgeht. Er ist nicht unhöflich oder aggressiv, lässt sich aber auch nicht in die Defensive drängen.

»Der Grundsatz, auf dem wir unser Geschäft aufgebaut haben«, sagt Ben, »hat in der Zukunft weiter Bestand. Keine der Dienstleistungen oder Prozesse haben sich an irgendeinem unserer Standorte verändert.« Er atmet langsam ein. »Aber seit der gestrigen Veröffentlichung des Artikels in der Konstitution hat sich das Geschäft in den Filialen, mit denen ich gestern in Atlanta gesprochen habe, halbiert. Wir nehmen an, die Leute sind aufgrund von Ms. Johnsons Behauptungen beunruhigt, und das verstehen wir absolut.«

»Aber haben Sie ...«

Ben hebt eine Hand, und die Furchen der Anspannung um seinen Mund sind sogar von hier aus gesehen offensichtlich. »Ich bin fast fertig.«

Nach etwas Gemurre beruhigen sich die Journalisten wieder.

»Es entspricht unserer offiziellen Position, dass die von Führungskräften begangenen Fehler – Fehler auf der Ebene einer persönlichen Beziehung – für das Geschäftsmodell nicht relevant sind. Wir bitten höflich darum, dass Sie die Auflösung dieser Angelegenheit den Beteiligten und den Gerichten überlassen, soweit diese zuständig sind.« Er nickt. »Das ist alles. Wie versprochen nehme ich nun für zehn Minuten Ihre Fragen entgegen.«

In dem Tumult, der nun losbricht, erinnere ich mich kaum noch an meinen Namen.

»Haben Sie mit Mrs. Johnson geschlafen?«, blökt der Mann neben mir.

»War es einvernehmlich?«, fragt Evangeline.

»Wurde sie dazu gezwungen?«, fragt Thom vom Kanal Elf.

»Glauben Sie, dass sie mit Ihnen schlafen wollte?«, schreit Paul vom Herald.

»Ist sie schwanger mit Ihrem Kind?« Ich habe keine Ahnung, wer jetzt spricht.

»Was sagt Ihre Frau dazu?«, verlangt eine extrem nasale Stimme zu wissen.

Ben blickt nach rechts, dann nach links. Die Fragen prasseln weiter auf ihn ein.

Als im Eis dieser lokalen Eisdiele Kolibakterien gefunden wurden, waren sie nicht so unverschämt.

»Sie sollten sich schämen«, sagt Oliver vom Star. »Ihre Angestellten anzulügen und sich ihnen aufzudrängen ist kein ›Beziehungsproblem‹. Das ist Körperverletzung.«

»Warum müssen Sie sich Frauen überhaupt aufdrängen?«, fragt der nervtötende Kerl neben mir. »Sie sind ein gutaussehender Mann. Wenn Sie Ihre Frau betrügen wollen, tun sie es doch mit jemandem, der das auch will.«

»Genug!«, schreie ich aus voller Lunge.

Mit der Mehrheit dieser Leute habe ich mir im Verlauf der letzten vier Jahre sorgfältig eine Beziehung aufgebaut. Einige von ihnen wissen nicht, wer ich bin, aber die meisten kennen und mögen mich. Insbesondere Evangeline wirkt tatsächlich ein wenig beschämt. Vielleicht hat sie sich hinreißen lassen – ich weiß es nicht. Ich habe meine gesamte Aufmerksamkeit Ben zugewandt.

Als seine Augen auf meine treffen, weiten sie sich. »Addy?«

Ich hatte mich gefragt, ob er mich wohl erkennen würde. »Mr. Newberg kann keine Fragen beantworten, wenn Sie nicht lange genug still bleiben, dass er reden kann. Wie wäre es, wenn Sie Ihre Fragen einer nach dem anderen stellen? Es gibt kein Preisgeld dafür, der Erste zu sein.«

»Ich danke dir«, sagt Ben.

»Beginnen wir mit der wichtigsten Frage, die wir alle

beantwortet haben möchten«, sage ich. »Haben Sie mit Mrs. Johnson geschlafen?«

»Ich?« Ben runzelt die Stirn. »Das habe ich definitiv nicht.«

Eine Anspannung, derer ich mir nicht bewusst gewesen war, fällt nach seiner vollständigen Verneinung von mir ab. »Haben Sie nicht?«

»*Ich* habe nie mit Mrs. Johnson geschlafen.«

»Wenn das wahr ist, warum behauptet sie dann, Sie hätten es getan?«, fragt Evangeline. »Erpresst sie Ihre Firma um Geld? Hat sie Schulden?«

Die große Frau, die ihn vorgestellt hatte, Natasha irgendetwas, tritt vor ihn und klopft gegen das Mikrofon. »Es scheint hier ein Missverständnis zu geben, das Sie alle teilen. Mrs. Johnson hat nie auch nur behauptet, Ben Newberg ...« Sie deutet auf ihn. »– hätte irgendeine Art von Beziehung, ob unangemessen oder nicht, mit ihr geführt.«

Als ich mich umsehe, spiegeln die Gesichter der Journalisten und Nachrichtenleute meine eigene Verblüffung wider.

Niemand hat so etwas behauptet? Aber ... »Die Zeitung hat geschrieben ...«

»Bens Vater heißt Ben*jamin* Newberg«, sagt Natasha. »Ben Newberg, der hinter mir steht, ist kein Junior. Ben ist sein vollständiger Name. Er besucht meistens nicht einmal das Firmenbüro und kennt Mrs. Faith Johnson kaum.«

Das scheint allen von uns neu zu sein.

Und zum ersten Mal, seit ich den Zeitungsartikel gesehen habe, kann ich wieder tief durchatmen. Mein ehemaliger Schwarm, Ben, hat nichts Falsches getan. Er könnte immer noch all diese erstaunlichen Eigenschaften besitzen, an die ich mich erinnere.

Die schlechte Nachricht ist, dass ich mir nicht ein einziges Szenario ausgedacht habe, das berücksichtigt, dass sein Vater – der Besitzer der gesamten Firma – eine Affäre mit einer Person führte, die halb so alt ist wie er.

3

KAPITEL DREI: ADDY

In der Sekunde, in der die Pressekonferenz endet, kommt Ben schnurstracks auf mich zu. »Bist du neuerdings eine Reporterin?«

Ein seltsamer Begriff – schnurstracks. Eine Schnur kann sich winden und Umwege machen, aber Ben nähert sich mir direkt.

»Addy?«

Ich hasse es, wenn mein Gehirn das tut – im Kreis herumwirbeln und heißlaufen. Wie immer, wenn mich etwas aus der Fassung bringt.

»Arbeitest du jetzt für eine Zeitung?« Ben hat die Augen weit aufgerissen.

»Ich bin keine Reporterin.«

Er blinzelt. »Aber du bist ...«

»Eigentlich bin ich nicht so sehr wegen der Pressekonferenz hier, sondern eher, um zu sehen, ob ich mit dir vielleicht ein Treffen vereinbaren könnte.«

Er runzelt die Stirn. »Arbeitest du für einen Fahrzeughersteller? Oder vielleicht bist du ...« Er verstummt wieder, sichtlich verwirrt, warum um alles in der Welt ich ihn um ein Treffen bitten würde.

»Ich bin Kundenberaterin bei Princeton Public Relations Lab«, sage ich. »Ich mache Öffentlichkeitsarbeit.«

Er atmet aus. »Verstanden.« Sein Lächeln ist schief. »Das ist wohl ein guter Grund, um hier zu sein.«

»Eigentlich ist es ein grottenschlechter Grund. Man sollte den frischgebackenen Collegestudenten, die an ihrem ersten PR-Kurs teilnehmen, wirklich sagen, dass ihre Arbeit darin bestehen wird, tagein, tagaus Kunden in Krisensituationen zu betreuen. Ich frage mich, wie viele von uns dann zum Marketing übergelaufen wären.« Ich zwinge mich zu einem Lächeln. Humor wirkt in einer angespannten Situation oft entschärfend. Das ist das Einmaleins der Öffentlichkeitsarbeit. Zu wissen, wann Humor eingesetzt wird und wann man besser todernst bleibt, gehört dann zum Zweimaleins.

Angesichts von Bens ausbleibendem Lachen habe ich mich wohl etwas verschätzt. Vermutlich bewegen wir uns immer noch zu nahe an einem Minenfeld, als dass dieser Witz hier landen könnte.

»Wenn du keine Zeit oder Interesse hast, mit einer PR-Firma zu sprechen, ist das absolut okay.« Ich spüre praktisch, wie meine beste Freundin Mary mir den Finger in die Seite stößt und mir eine Schelte erteilt. *Arbeite an deiner Durchsetzungsfähigkeit. Schlag zu – mach keinen Rückzieher.* Das würde sie mir sagen. Meine Freundin Elana würde ihr garantiert zustimmen.

»Aber du solltest diese Entscheidung erst treffen, wenn du dir angehört hast, was wir für Newberg Auto tun können.«

Nicht, dass alle meiner Ideen noch umsetzbar wären.

»Ich werde nicht lügen und behaupten, dass ich dich gerne unter diesen Umständen wiedergesehen hätte«, sagt Ben. »Ich glaube aber, eine PR-Firma ist eine gute Idee. Es ist mir ein wenig peinlich, dass ich nicht selbst darauf gekommen bin.«

Eine forsche Frau mit einer stacheligen schwarzen Frisur dreht sich herum. »Sagten Sie, eine PR-Firma wäre eine gute Idee?« Ihr Lächeln strahlt mit 150 Watt. »Ich bin Beatrice Cooper, Kundenberaterin bei Kimball PR. Es wäre mir eine Freude, mich mit Ihnen hinzusetzen und einen Plan zu erstellen, wie wir durch diese schwierige Zeit navigieren.«

Ben wölbt eine Augenbraue, und seine himmelblauen Augen wirken eisig. »Eigentlich habe ich mich bereits für Princeton entschieden, aber danke für Ihr Angebot.«

Meine Kinnlade klappt nach unten.

»Diese Frau hat mich nervös gemacht«, flüstert Ben.

»Ich bin dankbar für diesen Vertrauensbeweis«, sage ich. »Aber du solltest die Firma beauftragen, von der du glaubst, dass sie die Krise am besten bewältigt.« Ich bin mir nicht sicher, warum es mich stört, dass er anderen Firmen Absagen erteilt. Ich sollte mich freuen, aber irgendwie fühlt es sich falsch an.

»Kein Grund, nervös zu werden.« Diesmal ist Bens Lächeln echt, und beide seiner Grübchen kommen zum Vorschein. »Ich sorge schon dafür, dass du dir deine Sporen verdienst. Keine Sorge.«

»Ich bin nicht nervös«, lüge ich. Sein Lächeln bringt mich aus dem Gleichgewicht, eine Tatsache, an der die vergangenen zehn Jahre offenbar nichts geändert haben.

»Dass du mich in der High School gekannt hast, hat

dir nicht zu diesem Treffen verholfen, wenn es das ist, was dich stört«, sagt er. »Es war die Tatsache, dass du aufgestanden bist und interveniert hast, als mir dort oben die Luft weggeblieben ist. Du hast die Reporter zum Schweigen und die Pressekonferenz wieder auf Kurs gebracht.«

»Nichts davon ist für eine *Kette von Autoreparaturen* relevant«, sage ich. »Und ich glaube, das ist der springende Punkt. Wir müssen den Schaden begrenzen, bis sich die Leute daran erinnern, dass – obwohl es interessant sein kann, Skandale in ihrer Gemeinschaft zu beobachten – Benjamin Newbergs Verhalten für die Dienstleistungen an ihrem Auto keine Rolle spielt.«

Einer der Journalisten hat von unserer Unterhaltung Wind bekommen. »Aber denken Sie nicht, dass *Ehrlichkeit* wichtig ist, wenn man jemanden auswählt, der sich ums Auto kümmert?« Er zieht ein Telefon hervor, vermutlich, um unsere Antwort aufzunehmen. »Wenn die Führung mangelnde moralische Charakterstärke an den Tag legt, hat das keinen Einfluss auf das Vertrauen der Öffentlichkeit?«

»Wir wollten gerade gehen.« Bens Hand umschließt meinen Oberarm, der Griff seiner Finger so stark und fest wie immer. Mir läuft ein Schauder den Rücken hinab, aber ich weigere mich, diesen anzuerkennen. Er sagte bereits, ich wäre nervös und ich möchte niemanden, der zittrig und verunsichert ist, für mein Firmenimage verantwortlich wissen.

»Das wollten wir«, sage ich.

Es besteht eine feine Trennlinie zwischen dem Herauszerren einer Person aus einem Raum und dem Hinausbegleiten – aber Ben vollführt diesen Balanceakt gekonnt wie immer. Sein Griff lockert sich immer dann, wenn ich langsamer werde, so dass er mich führt, statt an mir zu zerren. Nach dem Passieren der Außentür lässt er mich ganz los.

Ich sollte davon nicht so enttäuscht sein.

Eine dumme Reaktion – ich weiß, dass er verheiratet ist. Ich habe die Hochzeitsankündigung in der Zeitung gesehen. Ich hatte einen dieser *Tage* und habe mir deswegen sogar die Augen ausgeweint. Der eine, der mir entwischt ist. Oder weggelaufen ist. Oder vielleicht derjenige, der mich »fallen ließ und die Beine in die Hand nahm?« Das trifft es am ehesten.

»Kannst du mir zum Hauptsitz unserer Firma folgen?«, fragt er. »Ich möchte mir deine Ideen wirklich gerne anhören.«

»Wenn du warten möchtest, bis ich mir ein Taxi organisiert habe, gerne«, sage ich. »Oder vielleicht gibt es hier einen Nebenraum, den wir benutzen können?«

»Du bist mit dem Taxi gekommen?« Er lächelt. »Dann kannst du einfach bei mir mitfahren.«

»Ich kann unterwegs einige meiner Ideen durchgehen«, sage ich. »Das wäre zeitlich am effizientesten.«

Seine Lippen pressen sich zusammen, und sein Kopf neigt sich. »Bist du in der Öffentlichkeitsarbeit oder bist du eine Effizienz-Expertin?«

»Ich respektiere die Zeit meiner Klienten.« Falls ihm meine Abwehrhaltung auffällt, nun, er scheint mich zu verspotten und ich bin nicht begeistert davon. »Ich würde sagen, das ist etwas Gutes.«

»Es ist gut.« Er geht los und überlässt es mir, ihm wie ein Hund hinterherzutrotten.

Mit seinen abartig langen Beinen bewegt er sich wirklich schnell. Ich jogge praktisch, um mitzuhalten, und bin erleichtert, als wir die Lifthalle erreichen.

Zumindest etwa drei Sekunden lang, bis die betretene Stille mich verschluckt. »Was ist mit der Frau, die dort oben stand? Ich dachte, sie würde mit uns zurückfahren?«

»Natasha?«

Ich nicke.

»Sie hat Meetings mit einzelnen Journalisten zugestimmt, um den offiziellen Standpunkt der Firma durchzugehen.«

Ich stöhne.

»Was ist?« Seine Augen weiten sich, als die Aufzugstür läutet.

»Bis wir einen einheitlichen Ansatz haben, einschließlich der Erklärung, die wir abgeben, würde ich dringend empfehlen, dass niemand offizielle oder inoffizielle Statements macht.«

»Bei dir klingt das nach einer politischen Kampagne.«

»Ist fast dasselbe.« Ich folge ihm in den Aufzug. »Was ich vorschlage, ist eine Kampagne, die das öffentliche Image deiner Firma und ihrer Führung verbessert. Die Sache ist die – du willst nicht, dass die Leute glauben, die Firma würde Frauenrechte auf die leichte Schulter nehmen. Schon gar nicht bei dem politischen Klima, das aktuell herrscht. Als Fahrzeugreparaturfirma möchtest du, dass die Leute dir vertrauen.«

Ben drückt den Knopf für die zweite Etage. Er beißt die Zähne zusammen, als er sagt: »Ich werde sie anrufen. Vielleicht kann ich einige der Meetings noch verhindern.«

Natasha, die offenbar recht pflichtbewusst ist, hebt in der Sekunde ab, in der wir den Aufzug verlassen. Er beendet soeben seine Erklärung, dass sie für alle

Gespräche neue Termine vereinbaren und sofort ins Büro zurückkehren soll, als wir vor einem glänzenden silbernen Mercedes anhalten.

»Sollten wir auf sie warten?«

Er schüttelt den Kopf. »Sie ist alleine gefahren, damit sie noch bleiben konnte.«

»Alles klar.«

Er drückt einen Knopf, und das Auto zwitschert. Ich jogge praktisch zur Beifahrerseite und greife nach dem Türgriff, nur für den Fall, dass er höflich oder ein Kavalier sein und mir die Tür öffnen möchte. Bei dem Gedanken zieht sich mein Magen zusammen.

Damals in der High School hätte er das auf jeden Fall getan.

Als ich aber in seine Richtung blicke, ist offensichtlich, dass er weiß, warum ich zur Tür gesprintet bin. Seine Lippen kräuseln sich nach oben und zeigen eine Spur seiner wunderschönen weißen Zähne.

Ich öffne die Tür und klettere in den makellosen Wagen. Der Sitz ist aus herrlichem grauem Leder, jedoch nicht besonders bequem. Notiz an mich selbst: sollte ich eine dieser vornehmen Personen werden, kaufe ich keinen Mercedes. Dann sehe ich mich lieber bei BMW um. Ich beschäftige mich mit meinem Sicherheitsgurt und ziehe dann mein Telefon hervor, um mir etwas anderes zu tun zu geben, als ihn anzustarren.

Keine einzige Textnachricht.

Nicht einmal Spam-Mails.

Nicht, dass Ben etwas davon wüsste. Ich tippe auf meinem Bildschirm herum, als hätte ich etwas zu erledigen. Als er dann aus dem Parkhaus auf die Hauptstraße rollt, schiebe ich das Telefon in meine Handtasche. »Die gute Nachricht ist, dass das Sprichwort ›*Es gibt keine schlechte Publicity*‹ tatsächlich teilweise wahr ist. Die Medienberichterstattung geschieht definitiv aus einem schlechten Grund, aber ich hoffe, dass wir diese Aufmerksamkeit in etwas Gutes umwandeln können. Um das zu tun, brauchen wir eine überzeugende Strategie.«

»Okay.«

»Ich habe vor der Pressekonferenz drei Möglichkeiten ausgearbeitet. Eine davon ist gestrichen, da du nicht derjenige warst, der ...« Ich täusche ein Husten vor. »Aber die anderen zwei könnten immer noch funktionieren.«

»Warum glauben alle, ich wäre es gewesen?« Bens Hände verkrampfen sich am Steuerrad.

»Dein Foto war in der Zeitung«, sage ich. »Hast du den Artikel gesehen?«

Er schüttelt den Kopf. »Das Foto ist von mir? Bist du sicher?«

»Ziemlich sicher. Dein Gesicht vergisst man nicht so leicht.«

Sein Kopf dreht sich ruckartig zu mir, und seine Augen suchen mich nach ... etwas ab. Etwa, was ich damit gemeint habe.

»Du warst schon immer ein extrem gutaussehender Kerl«, sage ich. »Das sollte dich nicht wirklich schockieren.«

Als sich auf seinem Gesicht ein Lächeln ausbreitet, fällt mir ein, dass ich einem verheirateten Mann *keine* Komplimente machen sollte. Was ist los mit mir?

»Es gibt hauptsächlich zwei Möglichkeiten, mit einer Affäre umzugehen. Die erste ist ein offenes Bekenntnis und eine reumütige Entschuldigung mit dem Versprechen, sich künftig besser zu benehmen.« Ich entnehme meiner

Aktentasche einige Papiere. »Das funktioniert am besten, wenn die Öffentlichkeit jemanden schon grundsätzlich liebt. Im Wesentlichen ist es die Tiger Woods-Strategie, obwohl er sie mit seiner Sexsucht-Aussage ein wenig angepasst hat.« Ich halte inne. »Der Teil mit *es ist nicht meine Schuld!* Hat mich genervt, aber seine treuen Fans haben es ihm definitiv abgekauft.«

»Okay.«

»Der andere Weg, den wir einschlagen können, ist es, alles soweit möglich zu minimieren. Mildernde Umstände zu erwähnen, wenn es welche gibt. Falsche Aussagen zu widerlegen oder – diese Variante mag ich am wenigsten – die Geschichte des Anklägers zu attackieren.« Als ich das erwähne, kann ich nicht anders, als mich innerlich zu winden. Es gehört zum Drehbuch, aber ich hasse es. »Diese Variante funktioniert *nur* dann gut, wenn der Ankläger lügt oder bei etwas übertrieben hat.« Ich schiele zur Seite, um die Wahrscheinlichkeit einzuschätzen, dass es so sein könnte.

Bens Knöchel sind nahezu weiß. Das ist dann wohl ein Nein.

»Wäre dein Vater gewillt, den Weg der reumütigen Entschuldigung zu gehen?« Meine Stimme klingt angespannter und steifer, als mir lieb ist. »Am Anfang ist dies die schwierigste Option. Und sie funktioniert überhaupt nicht, wenn der Schuldige nicht gewillt ist, sich öffentlich zu entschuldigen.«

Die Muskeln in Bens Kiefer bewegen sich. »Ich bin mir nicht sicher.«

»Wie hat er reagiert, als die Nachricht die Runde gemacht hat?«

»Ich habe ihn nicht gesehen.« Ben wirkt beinahe schon

eingefroren, die Augen starr geradeaus gerichtet, die Hände an der Zehner- und Zweierposition. Er hat seinen Vater in den letzten vierundzwanzig Stunden nicht gesehen? »Dann stimmt es vielleicht nicht«, sage ich. »Vielleicht wurde übertrieben oder es gibt eine andere Erklärung.«

»Geh davon aus, dass alles stimmt«, sagt Ben. »Ich denke, das ist das realistischste Szenario. Und so sehr es mich auch schmerzt, das zu sagen, ich zweifle sehr daran, dass der alte Herr sich bei Mrs. Johnson oder der Allgemeinheit entschuldigen wird.«

Das ist wirklich schade.

»Könnte deine Mutter ihn überzeugen ...«

Ein steifes Kopfschütteln.

Ich lasse den Vorschlag fallen. »Na gut, nun ja, wenn wir im Büro ankommen, können wir all die Details und Fakten durchgehen, die du hast. Und dann denken wir uns einen auf diese spezifische Situation zugeschnittenen Ansatz aus.«

Er biegt auf den Parkplatz ein, fährt auf ein mit *Vizepräsident* markiertes Feld und schaltet den Motor aus. »Das ist wohl am besten.« Er seufzt. »Vielleicht hätte ich stattdessen diese andere, übereifrige PR-Frau mitbringen sollen, damit sie sich um alles kümmert.«

Seine Worte sind wie eine Ohrfeige, und mir steigt sofort die Hitze in die Wangen. Ist er von meinem Angriffsplan wirklich so enttäuscht? Es ist ja nicht so, als ob ich viel hätte, mit dem ich arbeiten kann. Jede meiner Ideen wird abgeschmettert.

Als Bens Gesicht sich zu mir dreht und unsere Blicke sich treffen, werden seine Augen groß. »Oh, nein. Was habe ich gesagt?«

»Diese andere Frau heißt Beatrice Cooper. Ich kann euch in Verbindung setzen, wenn du das möchtest.« Ich ziehe mir den Trageriemen meiner Handtasche über die Schulter. Elana hat vergessen zu erwähnen, dass eine Absage sehr viel schmerzhafter ist, wenn man die Person kennt, die man als Kunden gewinnen möchte.

»Addy, warum ärgerst du dich?«

»Tut mir leid, dass ich dir so viel deiner Zeit gestohlen habe.« Meine Finger umfassen den Türgriff.

Bevor ich den Wagen verlassen kann, umschließt Bens Hand meinen Vorderarm. »Addy. Damit habe ich gemeint, dass ich sie vielleicht anheuern sollte, weil es so beschämend ist, dass du mich kennst und all diese schrecklichen Dinge über meine Firma erfährst. Über meinen Vater.« Seine Stimme senkt sich zu einem leisen Flüstern. »Über mich.«

Ich verlagere meine Position, bis wir uns gegenübersitzen. »Über dich habe ich überhaupt nichts Schlechtes gehört. Ich bin mir sicher, deine Frau hat keinerlei Beschwerden.«

Sein Ausdruck wird weicher. »Ich bin nicht verheiratet, Addy. Wir haben es am Tag vor der Hochzeit abgeblasen.«

Ich schlucke und versuche, mir etwas Zeit zu erkaufen. Für den Fall ist diese Information eigentlich irrelevant, trotzdem bringt sie mich aus dem Gleichgewicht. »Okay. Nun, das ist echt schade. Aber du musst dir nicht darüber den Kopf zerbrechen, was ich denke. Das ist mein Job, und glaub mir, ich habe schon Schlimmeres gesehen.«

»Ich habe mir in den letzten zehn Jahren oft vorgestellt, wie wir uns über den Weg laufen«, sagt er. »Aber ich hätte nie gedacht, dass es so sein wird.«

Seine Worte treffen mich erneut, diesmal jedoch aus

einem anderen Grund. Er hat an mich gedacht? *Oft?* Es hat mich überrascht, dass er sich nach dieser langen Zeit überhaupt an meinen Namen erinnert, wenn man bedenkt, wie schnell er abgesprungen ist und wie viele Mädchen ihm hinterhergelaufen sind.

»Wenn ich diese Worte jetzt so höre, klingen sie etwas unheimlich.« Ben verzieht das Gesicht. »Tut mir leid. Damit wollte ich sagen, dass ich mir wünsche, wir hätten uns unter besseren Umständen getroffen. Du erscheinst mir sehr kompetent und ich bin froh über die Hilfe. Das hier ist klar eine dieser ›alle Mann an Deck‹ Situationen.« Er lässt mich los.

Ich öffne die Tür und klettere hinaus. Danach folge ich ihm, als er zum Gebäude und schließlich hineingeht – ein Gebäude, das mehr mit einem Ameisenhügel als dem Hauptsitz einer Firma gemein hat. Leute eilen hin und her, von denen alle entweder mit den Händen winken oder Dokumente herumtragen. Sie scheinen ausnahmslos in heller Aufregung zu sein, und die Mehrheit wirft uns schiefe Blicke zu.

»Ben, du bist zurück.« Eine irgendwie vertraut wirkende Frau mit einem perfekt frisierten, hellbraunen Bob schlängelt sich durch den geschäftigen Bienenstock zu Bens Seite. »Wie ist die Pressekonferenz gelaufen?« Die Neigung ihres Kopfes, die zusammengepressten Lippen – ich habe noch keine Person gesehen, die mehr hoffnungsvolle Erwartung ausgestrahlt hat.

»Wir dachten, es wäre eine gute Idee, eine einheitliche Botschaft auszuarbeiten«, sage ich. »Mein Name ist Addison Thorley. Ich bin Kundenberaterin des Princeton Public Relations Lab.«

Die Frau atmet einen schweren Seufzer aus, die Augen weiter auf Ben fokussiert. »So schlimm war es also, hm?«

»Es war schwierig, aber Mama, schau mal.«

Das ist seine Mutter? Kein Wunder, dass ich den Eindruck hatte, sie schon einmal getroffen zu haben. Ich versuche sie mir mit längeren Haaren in einem Pferdeschwanz vorzustellen, und da sehe ich es.

»Addy hat einige wirklich großartige Ideen. Wir müssen alles zusammentragen, das du finden konntest, und uns zu einer Besprechung im Konferenzraum treffen. Was uns bisher gefehlt hat, ist auch nur der Ansatz eines Plans.«

Seine Mutter blickt nun endlich in meine Richtung. »Sie sehen ...« Sie blinzelt und wendet sich dann wieder Ben zu. »Warum kommt sie mir so bekannt vor?«

»Wir haben uns vor langer Zeit kennengelernt«, sage ich. »Als Ben und ich in der High School waren.«

Ihre Augen werden so rund wie Untertassen. »Du warst dieses süße Mädchen, mit dem er auf Benjamins Wunsch Schluss gemacht hat.« Sie schüttelt den Kopf. »Nun, ich werde nicht lügen und behaupten, ich würde mich freuen, dich zu sehen – nicht unter diesen Umständen. Aber ich bin froh, dass uns jemand helfen möchte, einen Plan auszuarbeiten. Es ist klar, dass wir die Hilfe brauchen.«

4

KAPITEL VIER: ADDY

ZEHN JAHRE ZUVOR

Sentimentalität hat mein Leben ruiniert. Ich bin die Art von Person, die unmöglich nein sagen kann, wenn dadurch jemandes Gefühle verletzt werden könnten.

»Ich kann nicht glauben, dass du die Stiefel tatsächlich angezogen hast.« Meine beste Freundin Mary geht direkt neben mir her, in abgetragenen Turnschuhen, die weder trendy noch besonders bequem wirken.

Aber zumindest sind sie nicht drei Nummern zu groß und extrem aus der Mode gekommen.

Niemand wird ihre Schuhe überhaupt bemerken. Die sind alle viel zu beschäftigt damit, auf meine Skistiefel in Größe 41 zu starren, die noch aus den frühen Neunzigern stammen. Obwohl sie in tadellosem Zustand sind, hat niemand in der Welt in letzter Zeit noch etwas mit Regenbogen in Vintagefarben getragen. Manche der

Sechstklässler, die an uns vorbeisausen, deuten sogar darauf. Einige kichern.

»Sie waren das letzte Geschenk meines Vaters an mich«, sage ich. »Sonst hätte ich sie schon vor Jahren weggeworfen. Aber da ich sie nun einmal habe und sie warm sind, hat meine Mutter darauf bestanden.«

Marys Nase kräuselt sich. Von allen Menschen dieser Welt ist sie so ziemlich die Letzte, die mich jemals kritisieren würde. Und hätte ihr Vater ihr ein ähnliches Geschenk gegeben, würde sie es auch tragen.

Oder vielleicht hätte sie es verbrannt.

Das ist schwierig zu beurteilen, wenn sich eine solche Situation nie ergeben hat.

»Ich bewundere deine mutige Entscheidung und bin bereit, sie bis zum bitteren Ende zu verteidigen.« Sie formt mit den Händen eine imaginäre Pistole und dreht sich in gespielter Bereitschaft, auf die mich anstarrenden Leute zu schießen.

Ich mag vielleicht elendig unmodisches Schuhwerk tragen, aber nicht viele Menschen haben eine Freundin wie sie.

»Mit zwei paar dicken Socken rutschen meine Füße fast gar nicht in den Stiefeln herum, und der Wetterfrosch sagt, dass es bald schneit. Wenn es so weit ist, *wünschen* sich alle, sie hätten solche Stiefel an.«

»Wahrscheinlich hast du recht.« Sie zwinkert.

Meine Mutter beendet ihr Gespräch mit dem Camp-Leiter hinter uns, klettert in ihren alten LeSabre, und winkt. Sie ist untypisch entspannt – vermutlich, weil sie weiß, dass Mary und ich wegen unserer Position als jüngste Lagerbetreuer sowieso schon nervös sind und sie uns zusätzliche Aufmerksamkeit ersparen möchte.

Unser Auto hat zwei Fehlzündungen, aber dann fährt sie rückwärts vom Parkplatz und entschwindet um die Ecke. Ich besitze vielleicht keine modische Kleidung und bin die jüngste Betreuerin hier, aber zumindest habe ich eine liebende Mutter. Als Marys beste Freundin habe ich aus erster Hand mitbekommen, dass dies nicht auf alle Menschen zutrifft.

Mary schultert ihren Seesack und seufzt genau in dem Moment, in dem eine glänzende schwarze Geländelimousine auf das eben erst von meiner Mutter freigegebene Parkfeld rollt. Die Sonne scheint hell genug, um alle sieben Personen in dem Wagen zu sehen, noch bevor diese ausgestiegen sind. Mary wartet nicht darauf, dass die glänzende Truppe ausgestiegen ist – sie läuft praktisch vor ihnen davon.

Mir ist es auch ganz recht, dass wir uns zu unserer Hütte begeben. Meine Stiefel machen bei jedem Schritt ein schleppendes, quietschendes Geräusch. Die seltsamen Blicke und hämischen Bemerkungen, die die kleinen Kinder und Erwachsenen bei unserer Ankunft gemacht haben, sind nichts im Vergleich zu dem, was die anderen Betreuer sagen werden. Aber es ist ja nicht so, als ob die anderen High School-Studenten unsere Freunde wären. »Die hätten so oder so nicht mit uns geredet.«

Mary strafft ihre knochigen Schultern und lächelt. »Wen kümmert das schon? Das wird eine fantastische Woche.« Sie atmet tief ein. »Bergluft. Erfrischendes Wetter. Vogelgesang. Dutzende kleiner Kinder, die unseren Ratschlägen und Anweisungen zuhören – außerdem müssen wir eine Woche nicht in die Schule.«

Der rote Kardinal, der auf dem Nadelbaum vor uns sitzt, singt tatsächlich. An sich ist es keine Melodie, aber er klingt glücklich. »Wir haben ja nie angenommen, dass wir als Berater im Camp K.E.E.P sofort beliebt werden.«

»Ich hätte nicht gedacht, dass wir überhaupt die Chance haben, herzukommen«, sagt Mary. »Und schon gar nicht, dass wir zusammen mit sechs der beliebtesten Kids unserer Schule Berater werden.«

»Hätten Hanna und Jane nicht die Grippe bekommen, wären wir überhaupt nicht hier.« Wir haben unsere Hütte erreicht, und das langsame, stetige Geschnatter der Mädchenstimmen hinter der Tür macht uns ein wenig nervös.

»Augen zu und durch«, sagt Mary. »Wir haben mit den anderen Beratern vielleicht nicht viel gemeinsam, aber die Kids werden uns schon mögen.«

Ich hoffe, dass sie recht hat. Ich drehe den Türknauf und trete ein.

Zwanzig Augenpaare schwenken in Richtung der Tür. Alle weiten sich, um uns dann von oben bis unten zu mustern. »Ich bin Mary«, sagt meine beste Freundin. »Und ich bin eine Zehntklässlerin an der Harcourt High School.« Sie blickt in meine Richtung und wirft den Kopf in den Nacken. Ich wünschte, ich hätte dasselbe Selbstbewusstsein und die beherrschende Aura, die Mary immer wieder unter Beweis stellt.

»Addison.« Ich schlucke. »Mein Name ist Addison, aber ihr könnt mich Addy nennen.« Und ich bin eine Dumpfbacke. So ziemlich immer.

»Warum mussten wir die Betreuerin mit den Clownschuhen bekommen?« Das kleine Mädchen mit den krausen Haaren, das weit hinten steht, verschränkt die Arme.

»Vielleicht sollten wir uns so nennen«, sagt das

Mädchen neben ihr. Ihre Haare sind zu einem glatten, hohen Pferdeschwanz hochgebunden. »Die Mondfahrer.«

Alle kichern.

»Oder vielleicht die Klotzfüße«, sagt das Mädchen mit den dunklen Locken.

Gekicher verwandelt sich in schallendes Gelächter.

Schon bald darauf lachen alle. Über mich.

So viel zum Thema, dass die Mädchen uns als Vorbilder sehen.

»Wie wäre es, wenn wir uns die Hochtraber nennen«, sagt Mary. »Das bedeutet ein temperamentvolles Pferd mit wunderschönen Bewegungen, oder auf Leute angewendet heißt so jemand, der sich mit Stolz und Selbstvertrauen bewegt – genau wie meine Freundin Addy.«

Das Gekicher verstummt allmählich.

»Vielleicht habt ihr noch nicht realisiert, dass es viel schwieriger ist, etwas Zweckmäßiges zu tragen – oder etwas, von dem die Leute noch nicht wissen, dass sie es brauchen – als etwas, das alle anderen haben.«

»Wovon redet sie?« Das dunkelhaarige Mädchen mit den Locken zuckt mit den Achseln und blickt um sich.

»Würde ich an einem Sonnentag mit einem geöffneten Regenschirm im Lager herumlaufen«, sagt Mary, »würde ich ziemlich blöd aussehen.« Sie hält inne, bis jemand anderes das Wort ergreift. Dann unterbricht sie das Mädchen und macht ihre Autorität geltend. »Bis es zu regnen anfängt. Dann wäre ich die einzige Person, die nicht blöd ausschaut.«

Die Mädchen blinzeln alle.

»Als Bill Gates das Harvard-Studium abgebrochen und beschlossen hat, eine Computerfirma zu gründen, hielten ihn viele Leute sicher für dumm. Vielleicht haben sie sogar gelacht. Es hat lange gedauert, bis Microsoft durch die Decke gegangen ist, und dafür hat es viel harte Arbeit und Weitsicht gebraucht. Jetzt lacht niemand mehr über ihn. Vertraut mir, ihr wollt lernen, so zu sein. Nicht die schlauen Leute mit Weitblick auszulachen, das ist der erste Schritt.«

Ich verdiene keine Freundin wie Mary, echt nicht. Sie ist so schlau, so wortgewandt und so liebenswürdig. Ihre Einsichten haben mir ihm Verlauf der Jahre eine Million Mal aus der Patsche geholfen.

Und offenbar ist sie noch nicht fertig. »Meine Freundin Addy hat den Wetterbericht gesehen und ist bereit für den kommenden Schnee. Währenddessen hat der Rest von uns kalte, schmerzende Füße. Also könnt ihr sie jetzt verspotten oder stolz sein. Morgen steht sie nämlich als Genie da.«

»Mein Vater hat das mal getan«, sagt ein Mädchen auf dem ersten Bett. Sie schiebt ihre Brille den Nasenrücken entlang nach oben. »Er hat uns alle für diese Wanderung, auf die wir gegangen sind, Badeanzüge anziehen lassen. Niemand sonst hat welche getragen und sie haben tierisch gejuckt, also waren wir alle genervt davon. Aber dann erreichten wir diesen Wasserfall. Er hatte die Bewertungen gelesen und wusste, dass dort einer war, und wir konnten alle in unseren Badeanzügen darin spielen. Als wir dann fertig waren, mussten wir nicht in klitschnassen Kleidern nach Hause zurücklaufen.«

»Wie heißt du?«, fragt Mary.

»Poppy«, sagt das Mädchen.

»Eigentlich heißt sie Providence«, sagt das Mädchen mit den dunklen Locken.

»Aber ich nenne mich Poppy.« Sie schiebt die Brille wieder hoch. »Wie die hellrote Blume.«

Mir fällt auf, dass eine rote Haarsträhne unter ihrer Mütze hervorlugt. »Ich finde, der Name ist perfekt für dich«, sage ich. »Aber du solltest diese wunderschönen Haare nicht verdecken. Jedenfalls nicht, bevor das Wetter dich dazu zwingt.«

Wir verbringen die folgende Stunde damit, unsere zwanzig Mädchen kennenzulernen. Mindestens die Hälfte von ihnen ist absolut unausstehlich, aber ich bin mir sicher, ein gewisser Nervfaktor gehört zum Sechstklässler-Dasein dazu. Die andere Hälfte ist bestechend eifrig dabei und lauscht jedem unserer Worte.

»Meine Güte.« Mary blickt auf ihre Uhr. »Wenn wir uns nicht beeilen, kommen wir zu spät. Wir sollten in fünf Minuten zum Mittagessen in der Cafeteria sein.«

Im Raum bricht ein wirres Durcheinander von Auspacken, Herumschieben, Geplapper und lauten Ausrufen los. »Hat irgendjemand bestimmte Essensvorschriften, von denen wir wissen sollten?« Mary zieht eine Checkliste hervor und überfliegt diese.

Meine identische Liste liegt ganz unten in meinem Koffer. Ich fühle mich ein wenig schuldig, weil sie mich als Teampartnerin am Hals hat. Ich trage nichts bei und bin auf epische Ansprachen angewiesen, nur damit die Mädchen mich nicht mehr auslachen.

Weniger als fünf Minuten später sind alle Namen abgehakt – keine Erdnussallergien, aber ein kleines Mädchen verzichtet auf Gluten und ein anderes reagiert allergisch auf Melonen – und alle sind zum Gehen bereit. Ich trete vor, um den Mädchen die Tür aufzuhalten, und meine Stiefel machen ein quietschendes Geräusch.

Warum, warum nur habe ich nicht darauf bestanden, zusätzlich ein Paar Turnschuhe mitzubringen?

»Du kannst dir ein Paar meiner Schuhe ausleihen«, sagt das Mädchen mit den dunklen Locken. Ich glaube, sie sagte, ihr Name sei Chloe. »Falls wir dieselbe Größe tragen.« Sie stoppt bei der Tür. »Wenn du möchtest. Nur, bis der Schnee kommt oder was auch immer.«

Sie ist netter, als ich ihr zugetraut hätte. »Ich trage Größe 39«, sage ich.

Ihre Nase kräuselt sich. »Ich habe Größe 37, das hilft dir wohl nicht. Sorry.«

Ich winke sie weiter. »Nur, wenn ich mir die großen Zehen abschneide, und die mag ich irgendwie.«

Sie versteht meinen Witz definitiv nicht.

Memo an mich selbst: behalte deinen bizarren Humor für dich. »Das war ein Witz, keine Sorge.« Als ich ihr nach draußen folge, umweht uns ein kühler, vom Berggipfel kommender Wind.

Mary geht wie eine Entenmutter voran, und unsere zwanzig Mädchen traben ihr wie pflichtbewusste kleine Entenbabys hinterher. Ich bleibe ganz hinten, wo ich hingehöre. Das rosa Halstuch habe ich Mary letztes Jahr zu Weihnachten geschenkt, und als der Wind hinter ihr daran zerrt, bildet es einen Kontrast zu ihrem bauschigen schwarzen Mantel und den blonden Haaren und lässt sie wie eine Skiclub-Barbie aussehen.

Anscheinend lenkt mich das Schwelgen in meinem Status als Außenseiterin etwas zu sehr ab, um andere Kinderreihen zu bemerken, und ich bewege mich ein wenig zu langsam. Deshalb stoße ich beinahe mit einem der anderen Betreuer zusammen, einem hünenhaften Kerl namens Mike, der im Football-Team spielt. Ich springe ihm aus dem Weg, aber meine quietschenden Stiefel bieten nicht gerade den besten Halt, und als ich auf einer Eisfläche lande, ist das Spiel vorbei. Ich schließe ganz fest die Augen.

Meine Arme kreiseln.

Meine Füße rutschen hoch und dann von mir weg.

Gerade, bevor mein Kopf auf den Gehweg krachen kann, greifen Arme nach meinen Achselhöhlen und fangen mich auf. »Hoppla! Vorsichtig.«

Als ich meine Augen öffne, blicke ich auf das mir kopfüber erscheinende, aber immer noch hinreißende, lächelnde Gesicht von Ben Newberg. Football-Quarterback. Präsident des Schülerrats.

Seine Arme halten mich immer noch unter den Achseln fest.

Ich rutsche nach vorn, löse mich von ihm und befreie mich elegant – indem ich auf den Hintern plumpse. »Uff.«

»Geht es dir gut?« Dieses Mal lächelt er nur halb. Seine gute Laune ist nun von Sorge getrübt. »Ich glaube, du bist auf Eis getreten.«

Diesmal gehört das Händepaar, das mich an den Oberarmen hochhebt Mike, dem riesigen Footballspieler, der überhaupt der Auslöser für meinen Sturz war. »Wir können nicht zusehen, wie Berater beim ersten Durchlauf schlappmachen.«

Durchlauf? Wovon redet er?

»Ich bin Mike«, sagt er.

»Ein kompletter Knallkopf, der offensichtlich nicht aufpasst, wo er hinläuft«, sagt Ben.

»Klar.« Ben zieht das Wort in die Länge. »Tut mir leid.« Er bürstet Schmutz von meinen Ärmeln und tritt einen Schritt zurück.

Mary und die Mädchen sind nirgends zu sehen – offenbar haben sie nicht gesehen, was passiert ist, und sind direkt in die Cafeteria gegangen. »Ich bin Addy.«

»Ich heiße Ben«, sagt Ben Newberg, als gäbe es an unserer Schule überhaupt noch ein Mädchen, das seinen Namen nicht kennt.

»Schön, euch kennenzulernen.« Ich deute auf die Tür. »Aber meine Freundin Mary und all unsere Mädchen sind schon reingegangen. Ich folge ihnen mal besser. Danke für die Hilfe.« Diesmal stürze ich nicht, als ich vor ihnen vorbeiflitze. Aber meine Schuhe machen dabei ein schmatzendes Geräusch, das bei den beiden Jungs einen Lachanfall auslöst.

Großartig.

Als ich es dann endlich nach drinnen schaffe, hat das letzte Mädchen unserer Gruppe beinahe das Ende der Essensschlange erreicht. Da es eine Cafeteria ist, habe ich es eilig, aufzuholen und dränge mich an einer anderen Betreuerin vorbei. »Entschuldigung«, sage ich. »Ich bin da draußen ausgerutscht, und meine Mädchen sind schon fast durch.« Ich schnappe mir ein Tablett und lasse es auf die Metallführungen plumpsen.

»Du bist ausgerutscht?«

Beim Blick über die Schulter nach hinten mustert mich Jennifer Young mit einer gewölbten Augenbraue. Während ich Mary mit einer Barbie verglichen habe, sieht Jennifer eher nach einem Ralph Lauren-Model aus – von den perfekten, pelzgesäumten schwarzen Ugg-Stiefeln bis hin zum flauschigen lavendelfarbenen Stirnband. Alles an ihr passt so perfekt zusammen, dass sie aussieht, als wäre sie als vormontiertes Set geliefert worden.

»Äh, ja. Da draußen hat es eisige Stellen.«

»Eisige Stellen?«, fragt sie. »Und du bist ganz sicher nicht über deine Füße gestolpert?«

Mein Lachen klingt nervös – hoch und zittrig. Offensichtlich aufgesetzt. »Das vielleicht auch.«

»Ist sie nicht«, sagt Mike hinter uns. »Eigentlich wurde sie umgestoßen, und zwar von mir. Ich finde ihre Stiefel ziemlich cool. Meine Mutter hatte ähnliche, als ich noch ganz klein war.«

Großzügige, unterstützende Worte von den Footballspielern? *Das* hätte ich nicht erwartet.

»Du hast mich nicht umgestoßen«, sage ich. »Ich glaube, es war umgekehrt. Vielleicht sollte ich beim Testspiel fürs nächstjährige Footballteam mitmachen.«

Mikes donnerndes Lachen flutet die Cafeteria und hallte von den Wänden und der Decke wider. »Das solltest du wirklich. Meine Empfehlung hättest du sicher.«

Ich wende mich mit einem heftig pochenden Herzen wieder der Essensschlange zu und schaufle mir zufällige Beilagen auf den Teller. Danach husche ich zu meinem Sitzplatz am Tisch und bemerke erst dann, dass ich mir offenbar einen Haufen Dosenerbsen, eine etwas kleinere Portion an Dosenmais und zwei Tassen Schokoladenmilch geholt habe. Igitt. Während ich meine seltsame Auswahl mit dem Löffel herumschiebe, kann ich nicht anders, als zu bemerken, wie die anderen Betreuerinnen kichernd in meine Richtung schielen.

Unterdessen erzählt Mary unseren Mädchen Geschichten. Über mich. Über sich selbst. Über unser Kennenlernen. Über die kreativen Dinge, die wir mit Schachteln von Käsemakkaroni und anderen Sachen aus meiner Vorratskammer angestellt haben. Sie lachen. Sie sind gut unterhalten.

Ich ignoriere den Rest des Raums und konzentriere mich auf unsere Mädchen. Wegen ihnen sind wir hier.

Nach dem Mittagessen steht die Lagerleitung auf, um uns alle willkommen zu heißen, sich vorzustellen und von ihren Zielen zu erzählen. »Ihr seid nun seit einigen Monaten gemeinsam an der Mittelschule und wisst vermutlich mittlerweile sehr gut, wie ihr trotz mehrerer Lehrer, herausfordernder Kurse und einem strikteren Zeitplan akademische Erfolge erzielt.« Der Campleiter heißt Mr. Hoover. Er legt eine Pause ein, um sicherzustellen, dass ihm alle zuhören. »Aber der Sinn und Zweck unserer Woche hier ist es, euch daran zu erinnern, wie ihr *Freunde* seid. Wie man *Spaß* hat, auch wenn man gleichzeitig noch etwas lernt. Jedes Jahr droht man uns mit Budgetkürzungen. Jedes Jahr steht das Camp auf der Liste der Projekte, die gestrichen werden sollen und jedes Jahr stelle ich mich wieder hin und erzähle denen dasselbe, das ich euch heute sage. Die Freundschaften mit euren Mitschülern sind nicht bedeutungslos. Sie sind einer der wichtigsten Aspekte eurer Ausbildung. Ihr lernt, gemeinsam an etwas zu arbeiten. Ihr lernt, euch auf andere zu verlassen. Und ihr lernt, Arbeit mit Spaß zu verbinden, damit ihr auch noch Jahrzehnte in der Zukunft in eurer Arbeit Erfüllung findet.«

Ziemlich hochgestochene Ziele für ein Lager, das sich an Sechstklässler richtet. Aber er macht den Eindruck, als wäre es ihm wirklich ernst.

»Ihr seid hier, um in dieser Woche an eurer Ausbildung für Wissenschaft und Umwelt zu arbeiten – nahezu fünfzig Mädchen und neunundvierzig Jungs. Nutzt die Gelegenheit, um einige eurer Mitschüler besser kennenzulernen und von den Betreuern zu lernen, die euch zugeteilt wurden und bei euch bleiben. Heute Nachmittag gehen wir auf eine Wanderung – hoffentlich, bevor die ganze Gegend im Schnee versinkt. Wir haben euch nach Wintervögeln benannt, also ist diese Gruppe ...« Er deutet auf uns. »Ihr seid die Kardinäle.« Danach zeigt er auf Mike und Bens Gruppe. »Ihr seid die Ammern. Ihr bleibt bei diesem Ausflug zusammen, und ich möchte, dass ihr dafür sorgt, dass sich die Mädchen und Jungs untereinander austauschen.«

Sofort darauf bricht Gemurmel los.

Nun deutet er auf Jennifer und Laceys Gruppe. »Ihr und eure Mädchen seid jetzt die Rotkehlchen.« Er zeigt auf die anderen Jungs, angeführt von Greg und Scott. Die beiden sind Basketballspieler, aber auch ziemlich populär. »Ihr seid die Buntspechte.«

Nachdem wir in unsere Zimmer zurückgekehrt sind, um Rucksäcke mit Wasser, Snacks und zusätzlichen Jacken für den Fall eines Kälteeinbruchs zu holen, versammeln wir uns draußen. Unsere Mädchen sind alle nervös, aber auch aufgeregt und warten darauf, sich für den Ausflug in Reihen einteilen zu lassen. Mike, Ben und ihre Jungs verlassen nur wenige Augenblicke nach uns ihre winzige Schlafbaracke.

Wir haben das Glück, dass Mr. Hoover persönlich die Führung übernimmt. »Heute wandern wir zum Valencia Peak. Es ist eine herausfordernde Strecke, aber ich glaube, dass wir zusammen eine tolle Zeit erleben werden. Ich mache die Wanderung an der Seite meiner Frau Laura, und wir beiden sind eine Crew. Ich möchte, dass sich jeder Betreuer mit einem Mädchen und einem Jungen zusammenschließt. Wir gehen gemeinsam den Berg hoch, aber jede Crew ist dafür verantwortlich, ein

Drittel der Wandergruppe im Auge zu behalten.« Er kommt auf Mary und mich zu und überreicht uns Informationspakete. »Hier sind die Dinge, die wir unserer kleinen Ausflugsgruppe an jedem Zwischenstopp beibringen. Ihr solltet sie letzte Woche per E-Mail erhalten haben, aber ich habe mir gedacht, eine ausgedruckte Version wäre hilfreich.«

Mary strahlt. »Ich habe noch eine Kopie, die ich in der Schule ausgedruckt habe. Sie ist in meinem Rucksack.«

»Dann kannst du es nehmen.« Hoover bietet Mike das Paket an.

»Äh, ich wäre gern Addys Partner«, sagt Mike. »Also sollten Sie es vielleicht ihm geben.« Er deutet mit einer schnellen Kopfbewegung auf Ben.

»Danke.« Ben schnappt sich das Paket und beäugt Mary mit einem skeptischen Auge. »Ich habe mir definitiv keine eigene Kopie ausgedruckt.«

Der Wanderweg ist steil, aber wunderschön. Mike ist die ganze Zeit über urkomisch – er reißt Witze, neckt Jungs und Mädchen gleichermaßen und teilt kleine Informationsschnipsel, an die er sich aus der von Mr. Hoover verschickten E-Mail erinnert. Immer, wenn wir aus einem spezifischen Grund anhalten, nimmt er eine Auszeit und überlässt das Unterrichten mir. Trotzdem meldet er sich immer noch bereitwillig und gerne zu Wort, beantwortet Fragen und erklärt die komplizierteren Aspekte.

Auf dem Rückweg nach unten beginnt es zu schneien.

Was zunächst keine große Sache ist. Die Kinder quietschen. Ich strecke meine Handfläche aus und sehe zu, wie die Schneeflocken auf meiner Haut schmelzen. Auf der Hälfte der Strecke ist der Reißverschluss meines Mantels dann bis ganz oben zugezogen. Ich habe mir mein Halstuch ums Gesicht gewickelt und teile keine interessanten Anekdoten mehr mit den anderen.

Chloe mit den dunklen gelockten Haaren jammert. »Ich rutsche immer wieder aus.«

»Meine Füße sind nass«, sagt Heather. »Und taub sind sie auch noch.«

»Wahrscheinlich hast du nasse Socken.« Mike stupst meine Schulter mit seiner an. »Ich wette, jetzt gerade wünschen sich alle, sie hätten Skistiefel an.«

»Ja, ich jedenfalls.« Chloe nickt. »Mary hatte recht.«

»Mary?« Mike lacht. »Mary trägt auch Turnschuhe. Addy ist die mit dem guten Einfall.«

Chloe hebt das Kinn. »Aber Chloe hat uns gesagt, wir würden es noch bereuen, dass wir sie ausgelacht haben.«

Mike verdreht die Augen. »Ich hätte mir von meiner Mutter welche kaufen lassen sollen.«

Als wir dann ins Lager zurückkehren, gesteht man uns vor dem Abendessen genügend Zeit für einen Wechsel des Schuhwerks zu. Aber Leuten wie Mary, die kein zweites Paar dabeihaben, nützt das nichts. Tatsächlich fühle ich mich schuldig, weil ich keine Ersatzschuhe mitgebracht habe, die ich Mary überlassen könnte.

Diesmal schenke ich dem Essen in der Cafeteria deutlich mehr Aufmerksamkeit, als wir uns zum Abendessen versammeln. Dank meiner Idiotie am Mittag ist mein Magen komplett leer. »Kann ich zwei Rollen haben?«, frage ich.

»Zwei Rollen, hm?«, sagt Ben mit gedämpfter Stimme hinter mir.

Warum ist mir nicht aufgefallen, dass er direkt neben mir steht? »Äh, ich habe am Mittag nicht viel gegessen.«

»Ich wollte nur abwarten und sehen, ob es funktioniert, um zwei zu bitten.«

Das tut es.

»Ich möchte auch zwei.« Er streckt seinen Teller nach vorn und lächelt. Als Belohnung dafür gibt es drei Rollen.

»Jungs im Wachstum.« Die Cafeteria-Frau schüttelt den Kopf, lächelt jedoch. Seinen Grübchen widersteht niemand. Die sind absolut tödlich.

Ben folgt mir zum Tisch, schwingt die Beine neben mir über die Bank und setzt sein Tablett ab.

»Hey Ben, hier drüben.« Jennifer hat ihm einen Tisch weiter einen Sitzplatz reserviert.

»Schon gut«, sagt er.

Greg lässt sich auf dem Platz nieder, den sie für Ben freigehalten hatte. »Danke.«

Jennifer wirkt nicht besonders begeistert.

»Hey«, sagt Mike vom Ende der Warteschlange. »Was ist los? Willst du mir etwa meine Wanderfreundin klauen?«

»Es ist der erste Tag«, sagt Ben. »Du hast sie eben erst kennengelernt – ich klaue dir gar nichts.« Er senkt die Stimme. »Aber, ja. Genau das tue ich.«

Das Herz hämmert in meiner Brust. Was geht hier vor sich? »Mary ist eine viel bessere Partnerin«, sage ich. »Sie hat die ganzen Unterlagen studiert.«

»Oh, das konnte ich sehen.« Ben prustet. »Ich musste kein Wort sagen. Sie wusste alles auswendig. Sie ist ... eine Klasse für sich.«

»Mary ist die Beste.«

»Loyal bist du auch noch. Ich bin echt beeindruckt.«

Beeindruckt? Wovon redet er eigentlich? »Ich glaube, die Essensfrau steht auf dich.«

Er seufzt. »Es ist ein echter Fluch. All die falschen Frauen mögen mich.«

Ich muss wohl halluzinieren, denn er schielt zu Jennifer hinüber. Ich beschwöre meine innere Mary und spreche aus, was ich denke. Mutig. Furchtlos. »Echt jetzt? Ich denke, die meisten Leute würden sagen, die Anführerin der Cheerleader und der Quarterback wären das absolute Traumpaar.«

Er spießt einige grüne Bohnen mit der Gabel auf. »Wohl kaum.«

Also habe ich doch ins Schwarze getroffen. »Hast du dich zu mir gesetzt, um zu *entkommen?*«

Er blickt in beide Richtungen, als wolle er sichergehen, dass keine spionierenden Sechstklässler mithören. »Entkommen ist ein zu schwacher Ausdruck. Seit Jahren taucht überall, wo ich hingehe, auch sie auf. Als wäre sie eine Jägerin und ich ein Elch.«

»Anscheinend hast du ein riesiges Geweih.«

Diesmal ist es Bens Lachen, das mich unvorbereitet trifft. »Wie kommt es, dass ich dich noch nie zuvor gesehen habe?«

»Ich habe eine ziemlich gute Tarnung«, sage ich.

»Oh ja?« Seine Augenbrauen gehen nach oben. »Welche denn?«

»Ich bin in der zehnten Klasse«, sage ich. »Für die Oberstufe sind wir praktisch unsichtbar.«

»Dann ist die Oberstufe bescheuert. Wärst du nämlich in der zwölften Klasse, wärst du mir *definitiv* früher aufgefallen.«

Nun bin ich mit Lachen an der Reihe, allerdings gebe ich die ungläubige Variante zum Besten. »Hättest du – ich habe gesehen, wie du meine Schuhe ausgelacht hast.«

»Es geht nicht darum, wer zuletzt lacht«, sagt er. »Sondern wer am längsten lacht.«

»Der Spruch passt hier nicht einmal«, sage ich.

»Du bist eine echt anspruchsvolle Zuhörerin.« Eine Seite seines Mundes verzieht sich zu einem Grinsen. »Das gefällt mir.«

»Einfach ist an mir nichts«, stimme ich zu.

»Das lerne ich so langsam«, sagt er. »Und ich gebe zu, dass ich deine Stiefel am Anfang lächerlich fand, aber Mike hatte recht – sie sind eine schlaue Wahl.«

Meine Erkenntnis für den heutigen Tag ist, dass ich seinen Grübchen gegenüber nicht ganz so immun bin wie gedacht.

5
KAPITEL FÜNF: BEN

Ich bin mir nicht ganz sicher, ob es nur Pech ist oder das Schicksal einen miserablen Sinn für Humor hat. Addy scheint immer dann in mein Leben einzutreten, wenn ich einen Tiefpunkt erreicht habe und alles schiefläuft. Nichts ist je auf eine gute Weise kaputtgegangen, wenn sie in meiner Nähe war.

»Bevor ich Ben an der Pressekonferenz angesprochen habe, habe ich einige Szenarios vorbereitet«, sagt Addy, »aber es scheint, als hätte ich einige Details falsch verstanden. Ich würde mich liebend gern mal hinsetzen und eine Zeitlinie erstellen, damit wir eine Herangehensweise entwickeln können, die für deine Firma funktioniert.« Sie ist so ruhig und gefasst, so professionell.

Sie ist nicht einmal rot geworden. Es scheint, als wäre die alte Addy, die ich kannte, gegangen und durch diese PR-Expertin ersetzt worden.

Ich vermisse das Mädchen, das riesige Stiefel trug und seitlich gelächelt hat.

Ich vermisse das Mädchen, das ständig unsicher wirkte, aber auch von einem unzerstörbaren Optimismus geprägt war.

Ich vermisse das Mädchen, das so laut und lange über meine Witze gelacht hat, dass ich mich wie der König der Welt fühlte.

Ich hoffe, sie steckt immer noch irgendwo dort drin. Falls ich überhaupt die Chance dazu habe, möchte ich das herausfinden.

»Dann nur zu.« Mutter deutet auf den Konferenzraum um die Ecke. »Gehen wir all die schmutzigen Details durch.«

Ich unterdrücke ein Schaudern und folge den beiden in den Raum mit dem langen Holztisch.

Addy zieht einen gelben Papierblock hervor und umrundet den Tisch, um sich dann nah an einem Kopfende hinzusetzen. »Ich denke, wir fangen am besten damit an, dass Sie mir das Erste erzählen, was Sie in Erfahrung gebracht haben. Wann sind die Dinge aus dem Ruder gelaufen?«

»Mal sehen.« Mutter nimmt sich den Stuhl gegenüber von Addy.

Ich lasse mich neben Mutter nieder. Dadurch habe ich eine fast uneingeschränkte Sicht auf Addys Gesicht, während sie ihre Fragen abfeuert.

»Ich würde sagen, das Erste, was schiefgelaufen ist, war, als Benjamin mir den Antrag machte ... und ich ja gesagt habe.« Mutter zieht eine Augenbraue hoch. »Ich nehme aber an, dass sie von diesem speziellen Vorfall sprechen.«

Addys Kugelschreiber erstarrt wenige Zentimeter über dem Papier. Ihr Kopf hebt sich langsam. »Sagen Sie, dass dies nicht sein erster ... Ausrutscher war?«

Mutters Lachen hat einen düsteren Klang. Würde ich sie nicht kennen, würde ich vermutlich denken, dass es etwas Verstörtes an sich hat. »Nein, definitiv nicht.«

Addy legt ihren Kugelschreiber ab und starrt Mutter direkt an. »Wie oft war er untreu?«

»Soweit es mir bekannt ist?«

Addys süßes Gesicht verzieht sich. »Es tut mir so leid.« Sie sieht wirklich schmerzlich getroffen aus.

»Das muss es nicht – es ist nicht Ihre Schuld.«

»Das bedeutet aber, dass es ein Muster von Fehlverhalten gibt und Sie alle davon wussten.« Ihre Lippen zeichnen eine grimmige Linie.

»Das ist das erste Mal, dass jemand behauptet hat, Vater hätte sie zu etwas *gezwungen«*, sage ich. »Bisher war es immer einvernehmlich, soweit wir wissen.«

»Und um die Frage zu beantworten, die Sie vermutlich stellen wollten, wir haben spät am gestrigen Abend davon erfahren. Wahrscheinlich kurz, bevor die arme Frau die Presse kontaktiert hat, oder kurz danach.«

»Geld scheint nicht ihr Ziel gewesen zu sein«, sagt Addy. »Wenn sie sich direkt an die Presse gewandt hat.«

»Sie hat Geld verlangt, als sie uns kontaktierte. Aber entweder hat jemand, dem sie vertraute, die Information durchsickern lassen oder sie hat die Meinung geändert und beschlossen, stattdessen maximalen Schaden anzurichten.«

»Sollte sie den Prozess gewinnen, erreicht sie möglicherweise beides«, sagt Addy.

Mutter seufzt.

Die folgende Stunde ist recht unangenehm, da Mutter und ich Vaters vergangene Fehltritte auflisten und beschreiben, wie diese Situationen aufgelöst wurden. Addy tut ihr Bestes, um unvoreingenommen zu wirken, das sehe ich, aber es fällt ihr schwer. Als sie dann schließlich von der Achtzehnjährigen erfährt, die Vater vor fünf Jahren geschwängert hat, lässt sie den Kugelschreiber fallen. »Ich muss diese Frage stellen.« Ihre Stimme klingt scharf, aber die Augen bleiben freundlich. »Das offensichtlichste Vorgehen wäre in diesem Fall, ihn seiner Führungsposition zu entheben oder vielleicht mithilfe einer feindlichen Übernahme einen Machtwechsel der Firma zu erzwingen, falls das möglich ist, und uns dann schnellstmöglich von allem zu distanzieren, was mit ihm zu tun hat. Was mich zu einer recht naheliegenden Frage führt – warum haben Sie ihn nicht verlassen?«

Ich erwarte, dass Mutter zu der Rede ansetzt, die ich seit meinen Kindertagen immer und wieder von ihr gehört habe. Sie sind seit Jahrzehnten ein Paar. Eine Ehe besteht aus Geben und Nehmen. Niemand ist perfekt. Vater hat auch viele positive Eigenschaften. All das habe ich so oft gehört, dass ich es beinahe schon selbst auswendig aufsagen könnte.

Aber das tut sie nicht.

»Ich habe Angst«, sagt Mutter. »Ich habe keinen Hochschulabschluss. Ich habe keine Ahnung, wie ich meinen Lebensunterhalt bestreiten würde und welche Auswirkungen das auf Ben hätte.«

»Ben?«, frage ich. »Also ich? Dein Sohn Ende zwanzig?«

»Es gibt viele Gründe.« Mutters Stimme ist weich. »Du bist nicht der Hauptgrund, aber ich mache mir Sorgen.«

»Das Leben ist zu kurz, als dass man auch nur einen Teil damit verschwenden sollte, sich elend zu fühlen«, sagt Addy. »Ausgenommen, einer der Gründe wäre, dass er Sie glücklich macht …« Ihr Lächeln ist so erzwungen, dass es mir Schmerzen bereitet.

Mutter blinzelt.

Bevor sie eine neue Gelegenheit erhält, um Vater zu verteidigen, falle ich mit der Tür ins Haus. »Benutz mich bitte *nie* als Grund, bei ihm zu bleiben.«

Mutter steht abrupt auf. »Ich brauche etwas frische Luft.« Ihre Arme und Beine bewegen sich steif, als sie den Raum verlässt.

»Tut mir leid«, sagt Addy. »Ich bin wohl zu weit gegangen. Die Beziehung deiner Eltern geht mich nichts an.«

Ich bin froh, dass sie es ausgesprochen hat. Ich stelle diese Frage seit Jahren, aber es ist etwas anderes, wenn sie von einem unvoreingenommenen Profi kommt. Woraufhin ich mir Gedanken mache, wie es kommt, dass Addy überhaupt in unsere Leben zurückgekehrt ist.

»Warum hast du die Pressekonferenz besucht?«, frage ich. »Ich hätte gedacht, als du mich in der Zeitung gesehen hast, hast du dich glücklich geschätzt, dir all das erspart zu haben.« Sie dachte, *ich* wäre derjenige gewesen, der die arme Frau unter Druck gesetzt hat.

Addys Miene verdunkelt sich. »Es geht nicht immer um dich, weißt du. Ich arbeite hart und bin gut in dem, was ich mache. Ich habe eine verdiente Beförderung in Aussicht – aber die werde ich nicht bekommen, wenn ich nicht anfange, neue Kunden an Land zu ziehen. Es war ein Glücksfall, dass dein Gesicht auf der Titelseite der heutigen Zeitung war, und ich konnte mir die Chance nicht entgehen lassen, einen neuen Kunden zu gewinnen. Da ich nun hier bin, möchte ich wirklich helfen und nicht nur, weil es mein Job ist.«

Ich hätte wissen sollen, dass es etwas in der Art sein

würde. »Schauen wir mal, was wir uns einfallen lassen können.«

Wenn ich zuvor dachte, die blauäugige Optimistin von früher hätte sich verändert, dann verstärken die folgenden zwei Stunden diese Annahme. Sie mag nicht mehr eine blinde Optimistin sein, aber Addy ist intelligent, kompetent und gewitzt. Sie geht noch etwa eine halbe Stunde lang die Details durch und beginnt dann mit dem Entwurf von Optionen. Das ist das erste Mal, dass ich mich in aller Öffentlichkeit mit einer von Vaters Affären herumschlagen muss und die Tatsache, dass er eine Angestellte unter Druck gesetzt zu haben scheint, macht mich krank. Andererseits ist es in gewisser Weise fast positiv, dass andere Leute die Wahrheit kennen.

»Also ist unsere beste Wahl«, sagt Addy, »uns an diese zweite Option zu halten. Ich werde ins Büro zurückfahren und die Details mit meinem Vorgesetzten besprechen. Wenn ich seine Meinung dazu gehört habe, stelle ich Presseerklärungen zusammen und ...«

Die Tür zum Konferenzraum schwingt so heftig auf, dass sie gegen den Türpuffer an der Wand knallt.

Mutter steht auf der Türschwelle, die cremefarbene Wolljacke über dem Arm gefaltet. In ihren Augen liegt ein wilder Ausdruck. Die Mascara unter ihrem linken Auge ist verschmiert, als hätte sie geweint. Was angesichts dessen, was wir heute erlebt haben, kaum schockiert.

»Geht es dir gut?«, frage ich.

»Wir haben einen Plan, den wir gerne mit Ihnen besprechen würden«, sagt Addy. »Möchten Sie sich vielleicht setzen?«

Gut mitgedacht. Mutter sieht aus, als könnte sie eine kleine Auszeit gebrauchen.

»Dein Vater und Onkel haben dieses Geschäft vor unserem Kennenlernen gegründet«, sagt Mutter. »Hätte die Geschäftsgründung nach unserer Hochzeit stattgefunden – hat sie aber nicht.« Ihre Lippen verziehen sich. »Ich habe heute einen Anwalt angerufen und ihn dazu befragt. Habe ihm Dokumente zur Gründung geschickt.«

»Moment mal, Onkel Chris?« Ich runzle die Stirn. »Ich wusste nicht ...«

»Er war ein stiller Teilhaber – er hat das Geld zur Verfügung gestellt und dein Vater hat sich um alles andere gekümmert. Er ist ein passiver Partner, besitzt aber vierzig Prozent.«

Das ist eine Überraschung. Vater hat nie erwähnt, dass Onkel Chris involviert ist und abgesehen von den Ferien sehen wir ihn auch nie. Ich habe nie auch nur gehört, dass er uns Fragen zu unserem Geschäft stellt.

»Der Grund, warum ich nachgeforscht habe ...« Mutter dreht ihre Hände immer und immer wieder, und die Jacke rutscht von ihrem Arm und fällt zu Boden. Sie blickt zu mir hoch, die Augen geweitet und fast schon *verängstigt*. »Es laut ausgesprochen zu hören – ich weiß, dass jetzt kein guter Zeitpunkt ist. Das weiß ich, erst recht nach all diesen Jahren, deinen Vater zu verlassen ...« Sie räuspert sich. »Aber ich habe es getan. Dieser Anwalt, mit dem ich gesprochen habe, wird deinem Vater morgen die Scheidungspapiere zukommen lassen.«

»Warum ist jetzt ein schlechter Zeitpunkt?«, frage ich. »Hätte ich gewusst, dass du ihn verlassen willst, hätte ich dich schon vor zwanzig Jahren unterstützt.« Nun, vielleicht nicht zwanzig. Da konnte ich mir knapp die Schuhe selbst zubinden. Aber es macht meinen Standpunkt klar.

»Addy sagte, das beste Vorgehen wäre, ihn rauszuwerfen«, sagt Mutter. »Und da ich nichts von dieser Firma besitze und du nur einen winzigen Anteil, den dein Vater durch den Familienfonds an dich als passiven Partner überwiesen hat ...«

Wenn sie ihn verlässt, wird er auf keinen Fall einwilligen, sich von der Firma zu distanzieren. »Aber auch, wenn du bei ihm bleiben würdest, könnten wir ihn nicht rauswerfen«, sage ich. »Daran ändert deine Scheidung nichts. Und wenn sie erst einmal durch ist, können wir es vielleicht doch. Wer weiß?«

»Ben hat Teilrechte?«, fragt Addy. »Um was für einen Anteil geht es?«

Mutter beißt sich auf die Lippe.

»Ich bin mir nicht sicher«, sage ich. »Als ich zehn war, hat ein Anwalt meinem Vater geraten, jedes Jahr einen Teil des Geschäfts zu verschieben, damit nach seinem Tod keine riesige Erbschaftssteuer anfällt.«

»Ich glaube, es sind etwa fünfzehn bis zwanzig Prozent«, sagt Mutter. »Ich kann die Bestätigung vom letzten Jahr suchen. Aber es wird spezifisch festgehalten, dass er nur ein passiver Teilhaber ohne Kontrollrechte ist.«

»Aber wenn dein Onkel einverstanden wäre«, sagt Addy, »dann wäre es *vielleicht* möglich, deinen Vater seiner Führungsposition zu entheben.«

Vierzig Prozent plus fünfzehn oder zwanzig sind mehr als fünfzig. Warum bin ich nicht darauf gekommen?

»Onkel Chris und dein Vater stehen sich immer noch nahe«, sagt Mutter. »Er wäre niemals einverstanden.«

»Und bis vor fünf Minuten«, sage ich, »hätte ich behauptet, dass meine Mutter nie auch nur darüber *nachdenken* würde, Vater zu verlassen.« Ich zucke mit den

Achseln. »Es geschieht nicht oft, aber manchmal ändern sich die Dinge.«

»Rufen wir deinen Onkel an«, sagt Mutter. »Ich habe gehört, dass Addy geht. Aber ich würde mich freuen, wenn sie anwesend sein könnte, wenn wir uns mit ihm treffen.«

Sogar meine Mutter erkennt, was für eine Bereicherung Addy gewesen ist. Ich rufe Chris' Nummer auf meinem Telefon auf und wähle sie dann auf dem bizarr geformten Festnetztelefon der Firma, das mitten auf dem Konferenztisch steht.

»Hallo?« Onkel Chris' Stimme klingt ständig rau, als hätte er sich in einem verrauchten Club die Nacht um die Ohren geschlagen.

»Onkel Chris?«

»Mein Lieblingsneffe!«

»Ich bin dein einziger Neffe«, sage ich.

»Trotzdem mag ich dich am liebsten«, sagt er. »Schön, von dir zu hören.«

»Wir rufen leider nicht mit guten Neuigkeiten an.« Mutter lässt eine Hand auf meine Schulter sinken. »Ich hasse es, das zu tun, Chris, aber wir müssen dich treffen. Es geht um die Firma – und um Benjamin.«

Seine Stimme ist ausdruckslos. »Ich habe die Nachrichten gesehen.«

»Dann ahnst du wohl, was wir besprechen müssen.«

»Ich schätze mal, das lässt sich nicht vermeiden«, sagt er.

Aus irgendeinem Grund gibt mir seine skurrile Akzeptanz für die Notwendigkeit eines Gesprächs Hoffnung. Ich weiß, dass er meinen Vater liebt – die beiden standen sich schon immer nahe. Er hat ihm sogar das Kapital für die Firmengründung gegeben. Aber sicher wird sogar Onkel Chris einsehen, was wir längst wissen.

Vater muss weg.

Danach steht Addy auf, nimmt den von ihr erstellten Plan und knüllt ihn zu einem kleinen Ball zusammen. Diesen wirft sie dann in den Abfalleimer – und landet sofort einen Treffer. »Wie es aussieht, brauchen wir einen neuen Plan«, sagt sie. »Und ich muss sagen, ich bin sehr froh, das zu hören.«

Sie ist immer noch so fabelhaft wie früher.

Die Stiefel vermisse ich aber trotzdem.

❧ 6 ❧

KAPITEL SECHS: BEN

ZEHN JAHRE ZUVOR

Ich bin ein furchtbarer Gitarrenspieler.

Was mich bisher nie gestört hat.

Mutter hat mich gezwungen, zwei Jahre lang Klavierunterricht zu nehmen, bis ich sie davon überzeugt habe, dass die Gitarre ein angemessener Ersatz ist. Meine halb geformten Träume einer Karriere als Leadsänger einer Band haben den Wechsel befeuert, aber ich war an der Gitarre keinen Deut besser als am Klavier. Trotzdem waren die Gitarrenstunden eine Belastung, die ich wann immer möglich vermieden habe.

Es hat mich nie sonderlich gestört, dass ich keine besondere musikalische Veranlagung vorzuweisen hatte.

Bis jetzt.

Mike spielt *»Everything you want«* von Vertical Horizon, und Addy singt dazu – mit ihrer Freundin Mary und mit Lacey, da Jennifer überhaupt nicht singen kann – und in meiner Faust kitzelt der Drang, ihm einen Schlag gegen die Nase zu verpassen. Was verrückt ist. Alle lieben Mike. Er ist mein bester Freund.

Ich wünschte nur, Addy würde mich ansehen, wie sie ihn ansieht, so warm und munter und gut gelaunt. Als er endlich innehält, strecke ich die Hand aus.

»Wow«, sagt Mike. »Willst du mitspielen?«

Ich verdrehe die Augen. »Ach, bitte. Ich spiele ständig die Gitarre.«

»Falls du mit *ständig* einmal die Woche bei deinen Gitarrenstunden meinst, dann sicher.«

»Du nimmst Gitarrenstunden?« Addys Augen glitzern hoffnungsvoll. Was mich doppelt so nervös macht.

»Er hat mir meinen Lehrer vorgestellt«, sagt Mike mit einem schelmischen Funkeln. »Er spielt schon um *Jahre* länger als ich.«

»Jahre länger?« Addys Augenbrauen heben sich. »Wow, du musst wirklich toll sein.«

Nun ist es absolut ausgeschlossen, dass ich noch mitspiele.

»Er ist gut«, sagt Jennifer. »Ich habe eine Aufnahme, die er für mich gemacht hat.«

Addys Kopf wirbelt so schnell herum, dass mir schwindelig wird. »Er hat für dich Lieder aufgenommen? Was für welche?«

»Ich musste sie für meinen Lehrer aufnehmen«, erkläre ich. »Nach der Rückgabe hat Jennifer sie sich geschnappt.« Jennifer ist bildhübsch, aber nicht, wenn sie schmollt. In letzter Zeit fühlt es sich so an, als würde sie andauernd schmollen.

»Ich kann überhaupt nicht spielen«, sagt Addy.

»Ich auch nicht«, sagt Mary.

Damit fühle ich mich ein wenig besser. Wenn sie nicht spielen, fällt es ihnen vielleicht nicht auf, wenn die Haltung meiner Finger nicht ganz korrekt ist oder ich die Töne vermassle. Ich möchte etwas Gefühlvolles spielen, etwas, wozu sie singen können. Aber diese Art von Liedern habe ich eigentlich nie gelernt.

»Wie wäre es mit *Hotel California?«,* sagt Mike. »Das ist etwas Gutes, das die Leute auch kennen.«

»Ich leider nicht.« Ich überprüfe die Stimmung, um mich selbst zu beschäftigen. »Ich könnte ...«

»Wie wäre es mit *Free Fallin'*?«, fragt Mike. »Von Tom Petty?«

»*Free Fallin'*?«

»Das ist Addys Lieblingslied«, sagt Mary. »In dem Sommer, in dem sie Tom Petty entdeckt hat, mussten wir es uns in Dauerschleife anhören.« Mary grinst ihre Freundin an.

»Das kenne ich.« Mike reißt die Gitarre wieder an sich und spielt bereits, bevor ich zu einem Protest ansetzen kann. Wie Mary sagte, kennt Addy jedes Wort.

»Das war unglaublich«, sagt Addy. »Es ist so cool, dass du Lieder einfach so spielen kannst. Ohne Musik, ohne irgendetwas.«

»Das sind wirklich nur Grundakkorde«, sagt Mike. »Ich finde es cooler, dass du dich an den ganzen Liedtext erinnerst.«

»Zwanghaft.« Mary hüstelt.

Für Zehntklässlerinnen sind sie beide ziemlich lustig drauf.

»Nun, ich bin sehr beeindruckt«, sagt Addy.

Ich spüre das Pochen der Eifersucht in mir. Ich kenne genau ein tolles Lied auf der Gitarre. Und obwohl es nicht die Art von Lied ist, bei der irgendjemand mitsingen möchte, werde ich es spielen, auch wenn es mich umbringt. Ich greife mir die Gitarre vom Tisch und beginne *»The Devil Went Down To Georgia«* zu spielen.

Während des Lieds wage ich es nicht einmal, Addy oder Mary anzublicken. Dadurch bleibt mir nichts anderes übrig, als Jennifer anzusehen, aber das ist okay. Es war ja nichts Romantisches. Als ich dann aber fertig bin, ist es nicht Addy oder sogar Mary, die mir zuruft.

»Ich wünschte, ich hätte das aufgenommen«, sagt Jennifer. »Ich würde es mir jeden Tag anhören.«

»Was für ein Angeber.« Mike zeigt sein charakteristisches, albernes Grinsen.

Addy steht auf, und ihre großen Stiefel quietschen auf dem Fliesenboden.

»Gehst du schon ins Bett?«, fragt Mike.

Wenn die Kinder zu Bett gegangen sind, haben wir genau eine Stunde, um gemeinsam herumzuhängen. Und laut Uhr bleiben davon noch zehn Minuten. Es ist dumm, aber ich möchte diese letzten zehn Minuten nicht verschwenden.

Und ich habe es satt, zu teilen.

»Ich wollte einen Spaziergang machen.« Ich stehe auch auf. »Lust auf ein letztes Training vor dem Schlafengehen?«

»Ich komme mit«, sagt Jennifer. Irgendwie schafft sie es, innerhalb eines Sekundenbruchteils aufzustehen und einen Arm um meinen zu verschränken. Ich schwöre, sie ist wie eine menschliche Klette.

»Du sagtest gerade, dass deine Schuhe und Socken komplett durchnässt sind und du es nicht erwarten kannst, den Schlafanzug anzuziehen«, sagt Mike. »Als dein

Freund kann ich nicht guten Gewissens zulassen, dass du deine Gesundheit so aufs Spiel setzt.«

Als ich ihm in die Augen blicke, zwinkert er mir zu. Und genau darum liebe ich Mike. Er sieht offenbar, dass ich Addy mag, und blockt Jennifers lächerliches *Mein Mein Mein*-Gehabe ab.

»Aber ich finde ...«

Bevor sie weiter protestieren kann, legt Mike einen Arm um ihre Schultern und führt sie von mir weg.

»Ich habe auch kalt.« Mary gähnt. »Ich gehe mal besser gleich zur Hütte zurück.«

»Aber keiner hat mich überhaupt spielen gehört«, sagt Greg. »Ich weiß, wie man *Hotel California* spielt.«

»Ich würde es liebend gern hören«, sagt Lacey.

»Ich auch«, meint Scott. »Mein Paps liebt dieses Lied.«

Sie lachen, als ich Addy nach draußen begleite. Nachdem Mary sich in Richtung ihrer Hütte davongemacht hat und Mike Jennifer praktisch den Pfad zu ihrer entlangschubst, bleiben nur noch wir zwei übrig,

»Ist dir nicht kalt?« Addy blickt auf meine Turnschuhe. »Sind *deine* Socken nicht nass?«

»Wir können nicht alle Genies und perfekt ausgerüstet sein«, sage ich. »Aber bis jetzt geht es mir gut.« Das ist eine Lüge. Meine Füße sind definitiv am Erfrieren, aber manche Dinge sind wichtiger als Zehen.

Bevor ich überhaupt erwägen kann, nach ihrer Hand zu greifen, zieht sie die Mütze tiefer und stopft beide Hände in ihre bauschigen Manteltaschen.

»Wo willst du hingehen?«

Ich deute. »Nicht weit. Wir haben nur zehn Minuten.« Oder jetzt noch ungefähr acht. »Vielleicht zur Spitze dieses Felsvorsprungs.«

Sie zuckt mit den Achseln. »Okay.«

»Warum hast du dir eigentlich diese Stiefel zugelegt?«, frage ich. »Fährst du oft Ski?«

Sie lacht. »Ich war noch nie Skifahren oder Schlitteln. Aber mein Vater ist einer dieser Menschen, die es lieben, große Träume zu haben. Er gründet immer neue Unternehmen, obwohl sie sich zwangsläufig zu Blindgängern entwickelten.«

»Blindgänger?«

Sie dreht den Kopf zur Seite und blickt mir in die Augen. In diesem Augenblick bemerke ich, dass sie gleich neben dem linken Augenwinkel die süßeste kleine Sommersprosse hat. Ich möchte die Hand ausstrecken und sie berühren. Es würde mich brennend interessieren, ob sie flach ist oder ich ihre Form ertasten könnte.

»Sie gehen bankrott«, sagt sie. »Mein Vater hat einmal ein Payless-Schuhgeschäft geleitet – aber bei einem Discounter gibt es keinen großen Lohn für die Führungsetage, wie du dir vielleicht denken kannst.«

»Was hat das mit Skistiefeln zu tun? Hat Payless welche verkauft?«

Sie errötet, und das ist das Süßeste, was ich je gesehen habe. »Nein. Aber Vater hat beschlossen, dass wir in Atlanta keine Läden für Skibedarf haben, und ...«

»Was war mit Rocky Mountain Board ...«

»Das war vor einer Weile. Die gab es damals noch nicht.«

»Okay.«

»Er hat diesen Typen kennengelernt, der dafür verantwortlich war, für ein Skigeschäft in Vail Ware einzukaufen.« Sie seufzt. »Oder zumindest hat er das behauptet. Er sagte meinem Vater, er könnte ihre ganze Überschussware spottbillig bekommen.«

»Oh.«

Sie hält inne und blickt auf ihre Stiefel hinab. »Papa Vater war ein Dummkopf – am Ende hatten wir einen riesigen Haufen uralter Überschussware am Hals.«

Oje.

»Und Papa hat seine Pensionskasse geplündert, um das Zeug zu kaufen.«

»Ist nicht wahr.«

Ein weiterer Seufzer. »Am Ende mussten wir alles, was irgendwie ging, online und auf Flohmärkten verkaufen. Jetzt haben wir immer noch Schachteln mit komischen Größen wie die hier in der Garage, und als Mama herausgefunden hat, dass das Camp in den Bergen ist ...«

»Sie sind dir vielleicht zu groß, aber sie sehen warm aus.« Außerdem sind sie der Grund, warum sie mir ursprünglich aufgefallen ist. Vielleicht schulde ich ihrem Vater ein großes *Dankeschön.* Je länger ich mit Addy rede, desto mehr mag ich sie.

»Wie sieht es bei dir aus?«, fragt sie. »Was macht dein Vater?«

»Er leitet eine Kette von Autoreparaturen«, sage ich. »Wenn du also je die Bremsen flicken lassen musst ...« Ich lache.

»Kannst du gut Autos reparieren?«

Ich schüttle den Kopf. »Überhaupt nicht. Ich weiß nicht das Geringste darüber, und mein Vater auch nicht. Ein Professor an der Handelsschule hat ihm erzählt, dass es eigentlich nicht darum geht, etwas zu finden, das man verkaufen will. Der Erfolg kommt dann, wenn man eine Marktlücke entdeckt. Als wir nach Atlanta gezogen sind, hatte unser Auto einen Defekt und Vater musste zwei Tage warten, bis er eine Werkstatt mit genügend freiem Platz gefunden hat, die den Wagen flicken konnte. Nach einigen Tagen Recherche entdeckte er, dass Atlanta dreißig Prozent weniger Autoreparaturen hat als jede andere Stadt von vergleichbarer Größe auf dieser Seite des Landes. Eine Woche darauf hatte er die Finanzierung für seine erste Werkstatt in der Tasche.«

»Klingt nach einem klugen Mann.« Aus irgendeinem Grund wirkt sie bedrückt.

Oh, richtig. Ihr Vater hat immer neue Ideen, und keine davon funktioniert. *Wechsle das Thema, du Idiot.*

»Wie wurdest du als Betreuerin ausgewählt, du bist ja erst in der zehnten Klasse?«

Sie grinst. »Das war alles Mary. Sie hat darauf bestanden, dass wir uns bewerben und sagte, wenn wir Glück haben, können wir eine Woche die Schule schwänzen.«

»Und es hat funktioniert.«

»Hätte es nicht, wenn diese anderen Mädchen nicht krank geworden wären.« Sie zuckt mit den Achseln.

»Darüber bin ich froh«, sage ich. »Sonst hätte ich dich wahrscheinlich nie kennengelernt.«

»Klar, ich bin ja ein richtig guter Fang.« Sie starrt auf ihre Stiefel hinab.

Ich hebe ihr Kinn an, bis sie mich ansieht. »Das bist du, finde ich.«

Ihre Augen werden groß. Ihr Atem beschleunigt sich.

»Jetzt muss ich dir eine Frage stellen.« Ich trete etwas näher heran.

Sie nickt.

Ich lasse meine Hand herabsinken und lächle. Wenn ich bisher überhaupt etwas gelernt habe, dann die Tatsache, dass etwas besser wird, je länger man jemanden darauf warten lässt. »Morgen, wenn wir auf unsere nächste Wanderung gehen ...«

»Nein«, sagt sie.

»Nein?« Meine Augenbrauen schießen nach oben. »Ich habe überhaupt noch nichts gefragt.«

Ihre Hand gleitet aus ihrer Tasche und ruht auf einer leicht zur Seite gereckten Hüfte. »Sie sind vielleicht groß genug, aber du kannst dir meine Stiefel nicht ausleihen, Mr. Newberg. Egal, wie süß deine Grübchen sind.«

Sie findet meine Grübchen süß? »Ich wollte nicht ...«

Addy rollt mit den Augen. »Mensch, ich mache nur Spaß. Was wolltest du fragen?«

Ich gerate ins Stocken. »Geh morgen nicht mit Mike.«

»Mike?«

»Es macht mir nichts aus, dass ihr Freunde seid – alle lieben Mike – aber ich möchte morgen dein Wanderpartner sein. Wie würde ich sonst die Zeit finden, so viel mit dir zu flirten, wie ich möchte?«

Diesmal sehe ich sie sogar in der fast vollständigen Dunkelheit erröten. »Die Sache ist die, Ben ...«

Ich mag den Klang meines Namens von ihren Lippen. »Nein, da ist keine Sache. Sag einfach okay. Du wirst meine Wanderpartnerin sein.«

Sie schürzt die Lippen, aber dann nickt sie. Und mir geht das Herz auf. An diesem Punkt begleite ich sie zurück – ich möchte nicht an unserem ersten Tag wegen eines Regelbruchs zusammengestaucht werden.

Allerdings werden Mike und ich am nächsten Tag Jennifer und Lacey zugewiesen. Ich bettle und beklage mich und setze meine Überredungskünste ein, aber es spielt keine Rolle. Hoover bleibt hart. »Morgen bist du wieder mit den Kardinälen unterwegs«, sagt er. »Aber heute sind es die Rotkehlchen.«

Was bedeutet, dass die Mahlzeiten die einzige Gelegenheit sind, um Addy zu sehen. Und da wir kaum gleichzeitig in der Cafeteria aufkreuzen werden, kann ich nicht einmal bei ihr sitzen.

Greg und Scott kleben an ihr wie das Weiße am Reis, womöglich, weil ich Interesse an ihr gezeigt habe. Sie als Reaktion auf Dinge, die Scott zu ihr sagt, lachen zu hören, lässt mich meine Serviette zu einem Ball zusammenknüllen. Ich möchte meine Tasse zerschmettern und den beiden an den Kopf werfen. Oder etwas Schlimmeres. Aber das tue ich nicht. Mein Benehmen ist tadellos.

Ich ertappe sie aber mehrere Male dabei, wie sie in meine Richtung blickt.

Nach dem Abendessen hinterlässt uns Hoover erneut seine Gitarre, aber diesmal bin ich vorbereitet. Ich habe heute Morgen geübt, bevor alle anderen wach waren, und dank der Magie des Internets und illegal heruntergeladener Notenblätter spiele ich nun *One Last Breath* von Creed ziemlich gut. Ich verpfusche ein paar Töne, aber als ich fertig bin, stelle ich sicher, dass ich Addy direkt ins Gesicht blicke statt Jennifer.

»Das war wirklich gut«, sagt Addy.

»Stell dir mal vor, wie gut er sein könnte, wenn er tatsächlich üben würde«, sagt Mike. »Seine Mutter wird überglücklich sein.«

»Wegen was?«, frage ich.

»Wenn sie gewusst hätte, dass es nur eine süße Zehntklässlerin braucht, um dich zum Üben zu motivieren, hätte sie dich vor Jahren verkuppelt.« Mike grinst.

Ich werde ihm später noch so was von eine runterhauen.

Aber Addy wird knallrot, und mein Ärger verpufft. Was ist schon dabei, wenn sie weiß, dass ich sie beeindrucken möchte? Es ist wahr.

»Du solltest ihm mal beim Footballspielen zusehen kommen«, sagt Mike. »Da ist er noch viel besser als mit der Gitarre.«

Ich remple ihn an.

Jennifer steht auf. »Ich habe mir gedacht, ich mache vielleicht mal einen Spaziergang.«

Addy blickt auf ihre Hände hinab.

»Das solltest du«, sage ich. »Hey Greg, warum gehst du nicht mit?«

Er springt schnell auf die Füße, und bevor Jennifer protestieren kann, begleiten er und Scott sie durch die Tür. Ich verbringe die folgenden vierzig Minuten in Wartestellung und hoffe, dass Addy spazieren gehen möchte oder mir überhaupt Aufmerksamkeit schenkt, aber sie rührt sich nie vom Fleck.

Ich gehe auch nicht.

Schließlich fordern Mike und ich sie und Mary zu einem Kartenspiel heraus – und die beiden sind praktisch unbesiegbar.

»Unmöglich«, sagt Mike. »Wie konntet ihr schon wieder die richtigen Karten ziehen? Irgendwann bekommt ihr ein Pik-Ass, und wie sieht es dann aus?«

Addy zuckt mit den Achseln. »So weit ist es noch nicht.«

»Ihr zwei müsst ziemlich oft spielen«, sage ich.

»Die Sommer gehen mit einer Freundin schneller

vorbei«, sagt Mary. »Und meine kleine Schwester Trudy nimmt es locker, wenn sie verliert.«

Die nächsten paar Tage verfliegen viel zu schnell. Ich schaffe es, Mike zu schlagen und nicht nur auf einem, sondern zwei Ausflügen mit ihr zu wandern. Aber bevor ich weiß, wie mir geschieht, ist es Freitagnachmittag. Das bedeutet, es ist Zeit, nach Hause zu gehen.

Die Jungs stopfen hektisch ihre Taschen mit ihrem Kram voll, und ich habe nie zuvor in meinem Leben so viele schmutzige Socken gesehen.

»Hey, habt ihr gepackt?«, fragt Mike.

Ich hebe als Antwort meine Tasche hoch.

»Das war eine ziemlich spaßige Woche«, sagt Mike. »Oder zumindest hatte ich eine tolle Zeit.«

Ich nicke. »Sogar noch spaßiger als damals, als wir als Kids hergekommen sind.«

»Was vermutlich teilweise mit Addy zu tun hat.« Mikes Grinsen ist ein wenig selbstgefällig, aber er war cool, also ärgert mich das nicht.

»Vielleicht ist das so.« Ich zucke mit den Achseln.

Mike setzt sich auf den Rand meiner nicht mehr bezogenen Matratze. »Die Sache ist die. Ich weiß, dass du sie magst. Ich mag sie auch.«

»Wow.« Mein Herzschlag beschleunigt sich. »Du *magst* sie?«

Mike lacht. »Du bist echt schwer von Begriff, wenn du auf jemanden stehst. Nein. Ich mag sie so, als ob sie meine kleine Schwester wäre.«

»Sie ist nicht so viel jünger als wir«, sage ich.

»Oh mein Gott.« Mike atmet aus. »Du bist wie ein Hund, der sich so auf die Jagd nach dem Eichhörnchen fokussiert, dass du nicht begreifst, worum es eigentlich geht.«

»Worum geht es?«

»In der Schule bist du wie ein Gott. Es war schön, mal eine Weile der Realität zu entkommen. Aber du und ich, wir wissen beide, was nächste Woche passiert.«

Ich kann mir ein Stirnrunzeln nicht verkneifen. »Was bedeutet das?«

»Jennifer ist eine Konstante in deinem Leben«, sagt Mike. »Du interessierst dich jede Woche für ein neues Mädchen, kommst aber immer wieder auf Jennifer zurück, und sie gibt dich nie auf.« Er schüttelt den Kopf. »Es ist ziemlich schräg, aber normalerweise kratzt mich das nicht.«

Aber er mag Addy. Deshalb hat er damit angefangen.

»Ich bin nicht irgendein Schurke«, sage ich. »Es ist ja nicht so, als ob ich mit irgendwem schlafen würde.«

Mike prustet. »Na gut – du bist rundum ein Heiliger. Ich mein' ja nur.« Er steht auf, strafft die Schultern und lässt die Muskeln spielen. Ich habe nie besonders darauf geachtet, dass Mike zehn Zentimeter größer ist als ich, andererseits hat er sich noch nie so vor mir aufgetürmt. »*Sei* ein Heiliger für sie. Verlier entweder schnell das Interesse, oder gar nicht.«

»Du spielst dich auf, als wärst du ihr Vater oder so«, sage ich. »Ich habe es dir schon gesagt – ich bin kein Verbrecher.«

»Dann benimm dich nicht wie einer, und zwischen uns ist alles cool.« Mike hebt seine Tasche vom Boden auf und marschiert durch die Tür, ohne auch nur darauf zu achten, ob irgendeiner der Jungs ihm folgt.

Er sagt, er hätte kein besonderes Interesse an ihr,

aber da tauchen Fragezeichen auf. Bis jetzt hat es Mike nie gekümmert, was ich mit irgendeinem Mädchen mache – er selbst flirtet eigentlich kaum. Er ist nur mit allen befreundet. Falls er sie wirklich mag, war das dann eine Warnung? Oder ist es wirklich so, wie er sagte? Macht er sich Sorgen, dass ich ihre Gefühle verletzen könnte?

So oder so spielt es keine Rolle. Ich mag Addy wirklich, und es fühlt sich anders an als alles andere, was ich bisher gefühlt habe. In der vergangenen Woche ist meine Zuneigung für sie jeden Tag ein Stück gewachsen. Nachdem die letzten Jungs gepackt haben und der Raum leer ist, trete ich nach draußen.

Jennifers Mutter wartet in ihrer riesigen Geländelimousine auf uns, und ich bin überrascht, Mary und Addy mit den kleinen Kindern in der Warteschlange für den Bus zu sehen. Ich jogge zu Addy, die fast am vordersten Ende der Reihe steht. »Was machst du?«

»Meine Mutter muss arbeiten«, sagt sie. »Sie holt uns später von der Schule ab.«

Jennifer und Mike winken mir zu, und Mike ruft etwas. »Dann mal los!«

Ich denke an den Montagmorgen – wie dieser sein wird. Alle meine Freunde, Mike, Jennifer, Greg, Scott, Lacey und die anderen. Mike hat recht – es wird anders sein, unabhängig davon, wie einfach es hier war. Addy ist in der zehnten Klasse. Sie kennt niemand von den anderen. Sie werden nicht verstehen, warum wir befreundet sind und wenn ich nicht aufpasse, tue ich ihr am Ende noch unabsichtlich weh.

Was bedeutet, dass ich wirklich vorsichtig sein muss.

Ich werfe meine Hand nach oben und winke zu Mike

und Jennifer zurück. »Ich schreibe meiner Mutter eine Nachricht. Ich nehme den Bus.«

Mary reißt die Augen weit auf, und Addy klappt tatsächlich die Kinnlade nach unten. »Du nimmst was?«

»Vielleicht bringt meine Mutter sogar mein Auto mit. Falls ja, könnte ich euch beide nach Hause fahren.«

Addy schluckt, antwortet jedoch nicht.

»Ich habe dir ja gesagt, dass er dich mag«, sagt Mary. »Hey. Warte mal!« Sie eilt die Stufen hoch und setzt sich neben die Rothaarige aus ihrer Gruppe, mit der sie immer redet.

»Wie es aussieht, können wir uns einen Sitz teilen«, sage ich. »Ich beiße auch nicht, versprochen.«

Addy lacht.

Ich liebe diesen Klang. »Ist das ein ja?«

Sie nickt. Ich habe keine Ahnung, warum sie jetzt so viel schüchterner ist als zuvor – vielleicht hat sich Aschenbrödel auf ihrem Heimweg vom Ball so gefühlt. Als würde die Magie allmählich nachlassen und sie müsse sich verstecken. Anders als dieser idiotische Prinz folge ich ihrer Kürbiskutsche nach Hause, damit ich sie nicht aus den Augen verliere.

Auch wenn die Kutsche ein großer gelber Schulbus ist.

Ich mache dumme Witze und frage sie noch mehr über ihre Familie aus, und dann reden wir über Musik und dann ist unsere gemeinsame Zeit im Nu fast wieder verflogen. Ich ziehe mein Telefon hervor. Meine Mutter hat zurückgeschrieben.

HABE EINE BESPRECHUNG, ABER ICH HABE DWIGHT ANGEWIESEN, DIR DEIN AUTO DAZULASSEN. DER SCHLÜSSEL IST UNTER DEM TANKDECKEL. BIS BALD.

Meine Mutter ist die Beste. Einfach die Beste.

»Wie sich herausgestellt hat, kann ich euch beide fahren.« Mir fällt ein, dass ihre Mutter vielleicht schon dort ist und auf sie wartet. »Wenn deine Mutter nicht auf dich wartet.«

»Sie hat gemeint, sie ist eine halbe Stunde verspätet«, sagt Addy. »Ich schreibe ihr und gebe es ihr durch.«

Ich kann mir ein Lächeln nicht verkneifen. Nachdem sie fertig geschrieben hat, schnappe ich mir ihr Telefon und speichere meine Nummer darauf. »Jetzt kannst du mir schreiben, dann habe ich deine Nummer auch.« Ich strecke ihr das Telefon entgegen. Es war eine kalte Woche, aber der Schauder, der meinen Arm durchfährt, hat diesmal nichts mit der Temperatur zu tun.

»Danke«, sagt sie.

»Du hast mir noch keine Textnachricht geschickt.«

Sie lacht. »Na gut.«

Als mein Telefon bimmelt, sehe ich nach, was sie geschrieben hat.

BUH.

FRÖHLICHES HALLOWEEN! Schreibe ich zurück.

SÜSSES ODER SAURES, schreibt sie mir. Als ich zu ihr hochblicke, lächelt sie und beißt sich gleichzeitig auf die Lippe. Meine Augen bleiben an ihren Lippen hängen. Sie sind fein gezeichnet, frei von Make-up und glänzend. Ihre Zähne sind nicht perfekt, aber ich liebe, wie sich der linke ein klein wenig über den Rechten schiebt. Das verleiht ihr Charakter.

ICH WÄHLE IMMER SÜSSES.

Sie wühlt in ihrer Tasche herum und zieht ein Jolly Rancher hervor.

»Das ist nicht die Süßigkeit, die mir vorgeschwebt ist«, sage ich.

»Oh?«

Wir fahren auf das Parkgelände, und ihre Freundin Mary ist kurz davor, sich wieder zu uns zu gesellen. »Ich habe mir gedacht, du lässt mich dir vielleicht ein Abendessen spendieren.«

Sie erstarrt, als hätte ich vorgeschlagen, dass wir uns nackt ausziehen. Oder eine Bank überfallen.

»Oh je, was habe ich getan? Magst du kein Abendessen?«

Ihr Lachen klingt gezwungen. »Doch, schon. Aber meine Mutter hat diese Regel.«

»Eine Regel, die dich vom Essen abhält?«

»Natürlich nicht«, sagt sie.

»Dann tu's mit mir. Heute Abend noch.«

»Ich darf mich nicht verabreden«, sagt sie. »Nicht, bevor ich siebzehn werde.«

»Oh«, sage ich. »Moment mal, wie alt bist du?«

»Ich werde in zehn Tagen sechzehn.«

Ich fluche nicht. Ich verziehe nicht einmal das Gesicht. »Wow, ich hatte keine Ahnung, wie jung du bist.«

»Zehnte Klasse.« Sie zuckt mit den Achseln. »Ich habe nichts verheimlicht.«

Nein, hat sie nicht. Uff. »Vielleicht würde sie die Regel auf sechzehn abändern?« Ich hasse, wie hoffnungsvoll ich klinge. »Eltern mögen mich. Ich könnte mit ihnen reden.«

Sie lacht. »Sie würde dich wahrscheinlich mögen, aber dich kennenzulernen würde sie nur noch mehr davon überzeugen. Das kannst du mir glauben.«

»Das ist ätzend«, sage ich. Wirklich, wirklich ätzend. Tatsächlich bin ich so niedergeschlagen, dass ich es nicht einmal in Worte fassen kann. Was bescheuert ist. Ich kenne sie kaum, möchte sie jedoch besser kennenlernen. Ich will viel mehr als eine Woche. Ich will Abendessen. Und ich möchte sie ins Kino einladen. Und ich will, ich weiß nicht, picknicken oder dieses ganze alberne Zeug, das Leute machen, wenn sie eine Freundin haben.

Ich möchte, dass Addy meine Freundin ist.

Ich will nicht, dass sonst jemand mit ihr ausgeht oder ihre Hand hält.

Ohne groß zu überlegen, lege ich meine Hand auf ihre und drücke meine Finger zwischen ihre winzigen. »Das ist wirklich blöd.«

»Das ist es.« Addy drückt meine Hand.

Und mein Herz schlägt in meiner Brust einen Purzelbaum.

Ich bin fast achtzehn Jahre alt, und das hat mein Herz mein ganzes Leben lang nie gemacht.

Ich möchte dieses Gefühl wieder erleben – sehnsüchtig. Ich möchte Addy an meiner Seite behalten. Ich möchte mit ihren Eltern streiten, bis sie einverstanden sind, dass wir Zeit zusammen verbringen. Ich möchte ...

»Mama lässt mich an den Schulball gehen.«

Was? Was sagt sie da?

»Nur so als Beispiel, ich bin mit Paul Brighton zum Homecoming gegangen.«

Wer zum Teufel ist Paul Brighton? Ich spüre ein glühendes Verlangen, ihm ins Gesicht zu schlagen.

»Da der Abschlussball vor der Tür steht ...«

»Oh.« Oh! »Du sagst also, ich könnte dich zum Abschlussball begleiten.«

»Meine Mutter erlaubt es, wenn es ein Doppeldate ist. Wenn also ein anderes Paar mitkommt, kann ich hingehen«, sagt sie. »Wenn du mit mir da hinmöchtest, meine ich.«

»Das tue ich.« Ich zögere nicht. »Ich möchte dich zum Abschlussball begleiten, und ich bin mir sicher, Mike unterstützt die Sache und kommt mit uns.«

Addy strahlt, und das ist sogar noch besser, als wenn sie lacht. »In Ordnung.«

»Okay.« Diesmal drücke ich *ihre* Hand.

Ungeachtet dessen schlägt mein Herz schon wieder einen Purzelbaum.

7

KAPITEL SIEBEN: ADDY

»Wenn du dich später mit ihnen triffst, müssen sie für uns diese Honorarvereinbarung unterzeichnen«, sagt Harriet. »Aber es klingt so, als wäre das an diesem Punkt eine reine Formalität. Gute Arbeit! Das ist eine riesige Firma, und es geht um viel.«

»Damit bist du auf der Zielgeraden.« Elana wirkt so selbstzufrieden, als ob sie diejenige wäre, die eine Beförderung in Aussicht hat.

»Nicht ganz«, sagt Harriet. »Die Sache ist die, du arbeitest hart und deine Ideen sind besser, aber ein Neukunde ist noch nicht das Nonplusultra.«

Damit liegt sie natürlich richtig. »Hast du noch andere Vorschläge?«

Harriet ist die Beste – sie verbringt die folgenden zwanzig Minuten damit, mir Ideen zu liefern. »Eine der wichtigsten Aufgaben für uns als PR-Leute ist es, stets darauf vorbereitet zu sein, was als Nächstes kommt, also linsen wir immer um die Kurve. Beispielsweise solltest du sicherstellen, dass du einen Plan hast, egal, wie sich das Gespräch mit dem Onkel entwickelt. Unabhängig von deiner persönlichen Einstellung gegenüber Ben und seiner Mutter darfst du nicht vergessen, dass die Firma der Kunde ist. Und jetzt gerade wird die Firma von diesem Schürzenjäger geleitet.«

Mir entfällt, was ich als Nächstes sagen wollte. »Wie bitte?«

»Du kannst nicht sämtliche Hoffnungen darauf setzen, dass der Sohn und die Mutter dem Vater die Kontrolle entreißen.«

»Für die Newberg-Autoreparatur ist dies die beste Botschaft«, sage ich. »Es ist eine Bestätigung ihrer Ehrlichkeit.«

Harriet steht auf. »Du bist unglaublich naiv.« Sie wischt unsichtbare Fusseln von ihrer Hose. »Wir sind eine PR-Firma. Die schlechten Dinge auszubügeln, die unsere Klienten tun, ist buchstäblich unser Job. Wir berechnen ein Stundenhonorar, ausgenommen sind nur die seltenen Gelegenheiten mit einer fixen Projektgebühr. Sollte es ihnen nicht gelingen, den Lustmolch rauszuwerfen, ist das sogar in unserem besten Interesse.« Sie hat die Lippen nachdenklich zusammengepresst.

»Aber wir wollen Gerechtigkeit für diese Frau und die bestmögliche Zukunft für unseren Klienten.«

»Wir sind nicht für diese Situation verantwortlich«, sagt sie, »und wir wollen sie verbessern. Aber denk mal darüber nach, wie viel beeindruckender es wäre, wenn du einen Kunden an Land ziehst, der unsere Hilfe für mehrere Monate benötigt statt nur einige Presseerklärungen und eine Teppichreinigung.«

Ich kann kaum glauben, was sie sagt.

»So oder so ist die Vorstellung, dass dieser Onkel sich gegen seinen eigenen Bruder wendet, reine Spekulation. Bevor du gehst, möchte ich einen vollständigen Vorschlag sehen, wie du die Situation herumreißen wirst, wenn dieser Versuch fehlschlägt.«

»Ich kann ihnen keine Rechnung ...«

»Du wirst niemandem etwas berechnen können, wenn du dir den Kunden nicht schnappst und ihn bei der Stange hältst. Tu, was ich dir gesagt habe.« Sie marschiert kopfschüttelnd davon.

Ich hoffe wirklich, dass sie falsch liegt. Aber ich folge ihrem Befehl und arbeite die Details des ursprünglichen Plans aus, den Ben und ich gemeinsam ausgeheckt hatten, bevor seine Mutter ihre Absicht verkündete, sich von ihrem untreuen Ehemann scheiden zu lassen. Ich schaffe es knapp, das Ganze von Harriet absegnen zu lassen, bevor es an der Zeit ist, eiligst loszufahren und mich mit Ben und seiner Mutter zu treffen.

Gestern hat Bens Mutter in ihrem Pullover und dem konservativen Rock noch recht gefasst gewirkt. Heute aber präsentiert sie ihre Bereitschaft, in den Krieg zu ziehen. Ihr Geschäftsanzug ist schwarz mit weißen Paspeln, und die Absätze sind hoch. Die Haare sind perfekt frisiert und das Make-up tadellos.

Ihr Sohn ist vermutlich gefechtsbereit zur Welt gekommen. Seine goldenen Haare glänzen. Der Anzug sitzt perfekt. Sein Lächeln ist schief.

Aber warum dieser Aufzug, wenn sie sich mit Bens Onkel treffen? Wäre ein weniger förmliches Erscheinen nicht sinnvoller, wenn es darum geht, ein Familienmitglied um einen Gefallen zu bitten?

Ich schätze mal, ihn zu bitten, dass er sich gegen seinen eigenen Bruder wendet, ist ein wenig mehr als nur ein Gefallen.

Möglicherweise ziehen sie tatsächlich in den Krieg.

»Wo findet das Treffen statt?«, frage ich.

»Ich habe das Pricci vorgeschlagen«, sagt Ben. »In Atlanta gibt es keinen besseren Italiener, und Onkel Chris liebt Ravioli.«

»Hast du das?«, fragt seine Mutter. »Ich habe ihm geschrieben, um das Pasta da Pulcinella vorzuschlagen.« Sie seufzt.

Ein großgewachsener Mann mit breiten Schultern und exakt denselben Augen wie Ben tritt durch die Tür, gekleidet in einen wunderschönen dunkelgrauen Anzug. »Ich habe euch beiden gesagt, dass ihr mir kein Essen kaufen müsst. Ich wollte mir schon lange einmal den Firmenhauptsitz ansehen. Und wenn wir Geschäftliches zu besprechen haben, können wir es genauso gut hier tun. Am Schauplatz des sogenannten Verbrechens.«

Sogenannt? Besteht die Möglichkeit, dass Benjamin Newberg nicht getan hat, was die Frau behauptet? Ben und seine Mutter haben diese Möglichkeit nicht einmal erwähnt. Ich öffne den Mund, um zu fragen.

»Wollen wir?« Onkel Chris fährt sich mit den Fingern durch die graumelierten Haare und deutet auf den Konferenzraum.

Bens Stirn liegt in tiefen Furchen, und seine Hände sind zu Fäusten geballt. Vielleicht ist jetzt gerade nicht der beste Zeitpunkt, um dieser Frage nachzugehen. Ben und seine Mutter durchschreiten die Tür, und ich folge ihnen. Ben umrundet den Tisch und seine Mutter tut es ihm gleich. Sie setzen sich nebeneinander ans Kopfende.

Onkel Chris sitzt Ben direkt gegenüber.

Ich bin mir nicht sicher, wo ich mich setzen soll. Nehme ich neben Bens Mutter Platz, sieht es so aus, als würden wir uns zu dritt gegen ihn zusammenrotten. Setze ich mich ans Tischende, erwecke ich den Eindruck, mich zum Boss erklären zu wollen. Neben Onkel Chris kann ich aber nicht sitzen, da er mich ja nicht kennt.

Nach einem Augenblick der Unentschlossenheit blicken alle drei zu mir hoch, und ich gerate in Panik und rücke mir den Stuhl am Tischende zurecht. Hoffentlich wird da nicht zu viel hineininterpretiert.

»Wer ist sie?«, fragt Onkel Chris.

»Sie ist unsere PR-Beraterin«, sagt Bens Mutter. »Eine alte Freundin von Ben von der High School, die genau im richtigen Augenblick zu uns gekommen ist. Wir hatten keine Ahnung, was zu tun war. Wir stecken in einem ziemlichen Schlamassel, weißt du. Einem Schlamassel, den dein Bruder zu verantworten hat. Schon wieder.«

Onkel Chris verzieht das Gesicht.

»Mit dem meisten davon haben wir dich nicht belästigt«, sagt Bens Mutter. »Wir haben versucht, alles möglichst ruhig anzugehen, aber gestern Abend habe ich eine Zeitlinie erstellt. Sie enthält alle Affären, von denen ich weiß, aber ich vermute, dass das nicht alle sind. Nur die, bei denen er erwischt wurde.« Sie legt ein Stück Papier auf den Tisch.

»Hast du das nur für mich zusammengestellt?« Onkel Chris hebt die Augenbrauen. »Oder war das für deinen *Scheidungsanwalt?*«

Sie verschränkt die Arme. »Ich werde mich nicht entschuldigen. Ich habe es für dich *und* den Anwalt getan. Chris, du liebst deinen Bruder und das ist bewundernswert. Du hast ihn immer unterstützt, aber er ist genau so, wie dein Vater war. Ich hätte das schon vor Jahren tun sollen.« Sie wirft mir einen verstohlenen Blick zu, als wäre ich diejenige, der sie ihre neugefundene Entschlossenheit zu verdanken hat.

Onkel Chris lehnt sich zu ihr, eine Hand flach auf den schweren Holztisch gestützt. »Viv, ihr seid seit mehr als dreißig Jahren zusammen. Eine Scheidung ist nicht etwas, das du leichtfertig tun solltest.«

Sie schiebt das Papier energisch zu ihm, und es zerknittert, als es auf seine dicken Finger trifft. »Leichtfertig?« Ihre Stimme ist hoch und schrill. »Auf diesem Papier stehen fast zwanzig Affären, Chris. *Zwanzig*. Von denen ich weiß. Dein Bruder war mehr als nur untreu. Er war *scheußlich*. Es beschämt mich, dass ich ihn nicht vor achtundzwanzig Jahren verlassen habe.« Sie atmet tief ein und lehnt sich auf ihrem Stuhl zurück, wobei sie die Hände vor sich faltet. »Aber bei dieser Besprechung geht es nicht um meine Scheidung. Es geht nicht einmal darum, deinem Bruder seinen Besitz wegzunehmen. Durch die Scheidung erhalte ich möglicherweise eine Teilhaberschaft an dieser Firma, oder auch nicht – die Entscheidung liegt bei einem Richter.«

»Was willst du dann?«, fragt Onkel Chris.

»Er muss seiner Führungsposition enthoben werden«, sagt Ben. »Du siehst ja sicher ein, dass das hier anders ist als die anderen Affären. Soweit wir wissen, ist es das erste Mal, dass Vater jemanden gewaltsam bedrängt hat. Er hat sich an einer *Angestellten* vergriffen.« Ben schüttelt den Kopf. »Es könnte eine Strafanzeige geben.«

»Sie *behauptet,* er hätte es getan. Akzeptierst du das einfach, statt deinen Vater zu unterstützen?« Onkel Chris wirkt ängstlich, aber seine Stimme klingt wütend. »Ist es das, was die Familie dir bedeutet?«

»Eine Familie kümmert sich um dich«, sagt Ben. »Die Familie dient dir. Die Familie richtet dich auf.«

»Dein Vater hat für deinen schicken Collegeabschluss bezahlt«, sagt Onkel Chris. »Er hat dir Autos gekauft. Kleider. Er hat ...«

»Ja, er hat mir viele Dinge gekauft«, sagt Ben. »Das habe ich nie abgestritten – aber eine Familie ist mehr als Geld. Was hat er mir *beigebracht?* Er hat mir beigebracht, Geld an die erste und Beziehungen an die letzte Stelle zu setzen. Weißt Du was? Jetzt gerade bedeutet das Geld an erster Stelle, dass wir die Belastung aus der Welt schaffen, die er für diese Firma bedeutet. Um das Geschäft existenzfähig zu halten, müssen wir ihm die Kontrolle darüber entziehen und seinen Schandfleck ausbügeln. Ich bitte dich als Investor darum, dafür zu stimmen, dass er aus der Führung ausgeschlossen wird. Danach können wir der Presse erklären, was wir getan haben und die Verantwortung für ein zukünftig besseres Management übernehmen.«

»Hast du mit ihm geredet?«, fragt Onkel Chris. »Was sagt er dazu? Gibt er zu, dass er sie belästigt hat?«

Bens Hände umklammern fest die Tischkante. »Er sagt, was das angeht, wäre er unschuldig – die Beziehung wäre einvernehmlich gewesen.«

»Denkst du nicht, dass neunzehn andere Affären, bei denen nie jemand solche Vorwürfe aufgestellt hat, beweisen, dass er es nicht nötig hat, sich irgendjemandem aufzudrängen?« Onkel Chris sieht beinahe aus, als wäre er ... stolz ... auf seinen Bruder.

Es macht mich verrückt.

Er dreht sich zu mir. »Sie sind die PR-Expertin. Ist es nicht Ihr Job, bei der Bereinigung des Firmen-Images mitzuhelfen? Unabhängig davon, was wir tun oder wie die Fakten liegen?«

»Nun, ich – äh, ich meine, ja. Unser Job ist es, Firmen unabhängig von der Situation dabei zu unterstützen, sich von ihrer besten Seite zu zeigen.«

»Falls ich beschließe, den hart arbeitenden, brillanten CEO zu unterstützen, der dieses Geschäft hundertfach expandiert hat, statt auf ihn loszugehen – dann helfen sie uns dabei, den Ruf der Firma wiederherzustellen. Richtig?«

Ich schlucke. »Das wird sich recht schwierig gestalten, falls der aktive CEO wegen sexueller Nötigung verhaftet wird.«

Ben schlägt mit der Hand gegen den Tisch. »Wie kannst du ihn weiter unterstützen, wenn er *immer noch* alles ruiniert?«

Onkel Chris steht auf. »Ich schäme mich für euch. Mein Bruder hat vielleicht einen Fehler gemacht – das haben wir wohl alle, wie ich vermute. Mehr als einmal. Aber ihr lauscht den Worten dieser Frau, statt ihm zuzuhören. Ihr seid bereit, all das Gute zu vergessen, das er getan hat. Wie er zu jedem deiner Leichtathletikwettkämpfe und jedem Footballspiel gegangen ist, Ben. Wie er ein stolzer Zuschauer an deiner Abschlussfeier war, nachdem er für deine Studiengebühren bezahlt hat, deine Verpflegung, die Nachhilfelehrer, alles. Wie er dich in dieses Geschäft eingeführt und dann sofort damit begonnen hat, Aktien aus diesem Familienfonds an dich zu überweisen. Und was ist all das wert? Nichts?«

Er wirbelt herum und geht zur Tür, hält jedoch inne,

bevor er sie öffnet. »Und Sie.« Er starrt mich demonstrativ an und schürzt die Lippen. »Sollte mir zu Ohren kommen, dass Sie diese Agenda vorantreiben und versuchen, meinen Bruder rauszuwerfen, lasse ich Sie schneller feuern, als Sie ›Affäre‹ sagen können. Wenn Sie für diese Firma arbeiten, arbeiten Sie *für* meinen Bruder und nicht gegen ihn.«

8

KAPITEL ACHT: ADDY

»Das war eine Enttäuschung«, sagt Bens Mutter, »aber nicht völlig unerwartet.«

Ben sieht aus, als hätte ihm jemand einen Kinnhaken verpasst. »Für mich schon.«

»Du hast gedacht, Chris würde auf seinem weißen Pferd angeritten kommen und uns retten?« Ihr Lachen ist zu gleichen Teilen bitter und verzweifelt. »Im wahren Leben sind weiße Ritter eine Seltenheit, fürchte ich.«

Damit liegt sie nicht ganz falsch. »Wir müssen den Dreck selber wegräumen.« Eine Tatsache, die Frauen im Verlauf der letzten Jahrhunderte auf die harte Tour erfahren mussten. Vielleicht die letzten Jahrtausende.

»Tut mir leid«, sagt Ben. »Ich hätte uns allen keine Hoffnung machen sollen.« Er tätschelt den Tisch. »Vielleicht können wir die Grundzüge dieses Plans ausarbeiten, den wir gestern besprochen haben.«

Ich hoffe, er ist nicht verärgert darüber, dass meine Chefin genau das bereits veranlasst hat. »Eigentlich ...«

»Den habe ich gestern in den Müll gekippt, ich weiß. Aber wenn Onkel Chris nicht mitzieht, bleiben uns nicht mehr viele Möglichkeiten.«

»Hätte ich früher mit diesem Prozess begonnen«, sagt Bens Mutter, »wären es vielleicht ein paar mehr.«

»Schuldzuweisungen und Was-wäre-wenn-Szenarien sind uns keine Hilfe«, sage ich. »Vertraut mir – das weiß ich nur zu gut. Und meine Chefin hat heute Morgen veranlasst, dass ich einen Kontingenzplan für den Fall ausarbeite, dass diese Besprechung nicht gut verläuft.«

»Siehst du, Mama?« Ben dreht sich zu ihr. »Ich sagte ja, sie ist brillant.«

Ihre Schultern sinken herab. »Ja, das hast du.« Beim Aufstehen erinnert sie mich an eine Marionette. Ihre Arme und Beine bewegen sich so lustlos, als würde sie von jemandem dazu gezwungen.

»Das wird schon«, sage ich. »Sie werden Ihre Freiheit trotzdem bekommen. Ist die Scheidung erst einmal durch – egal, mit welchem Resultat – können sie sich entweder von dem Drama distanzieren oder ihn dann rauswerfen.«

Ihr Lachen klingt hohl. »Stimmt, das ist wahr. Ich muss die Firma nur bis dahin zusammenhalten, richtig?« Ihr aufgesetztes Lächeln erreicht ihre Augen nicht.

»Mein Onkel hat sich geweigert, zu Mittag zu essen, aber ich verhungere«, sagt Ben. »Möchtest du den Plan vielleicht bei einem Essen durchgehen?«

Lädt er mich gerade zu einem Date ein? Oder ist das einfach ein guter Zeitpunkt für ein Gespräch?

Sei nicht dumm, Addy. Das ist klar ein Arbeitsessen.

»Klar«, sage ich. »Ich könnte etwas zu essen vertragen.«

»Was hältst du von Koreanisch?«

»Ich bin mir nicht sicher, ob ich das je hatte.« Ich beiße mir auf die Lippe.

»Gleich um die Ecke gibt es einen tollen Feinkostladen, den ich liebe – Kwan's. Die haben Sandwiches und so, wenn du nicht zu Abenteuern aufgelegt bist.«

»Das passt schon.« Liebt er es, dann ist es das beste Lokal, in das wir einkehren können. Nach den letzten paar Tagen bin ich überzeugt davon, dass er vertrautes Essen braucht, das ihm auch schmeckt.

»Du solltest wirklich das Bulgogi versuchen«, sagt er. »Das ist so gut. Wenn du Fleisch eher nicht so magst, kannst du dir das Bibimbap bestellen. Dort kommt noch Gemüse dazu.«

»Bimbap?« Ich lache. »Das ist ein lustiger Name, aber ich liebe Gemüse. Vielleicht versuche ich das.«

Während des kurzen Fußmarsches zu unserem Ziel erzählt er mir davon, wie er das Gericht zunächst aus Versehen gekostet hat. »Ein Lieferant ist aufgetaucht und hat eine Bestellung für Ben aufgegeben – ich hatte Sandwiches bestellt – aber stattdessen war es Bulgogi. Man sagte mir, ich solle warten und sie würden mir meine Bestellung bringen. Als es aber dann so weit war, hatte ich bereits das Essen eines anderen verspeist.«

Sein verdrossenes Lächeln ist so ziemlich das Süßeste, was ich je gesehen habe.

Ich muss meine Gefühle unter Kontrolle bringen. Als ich mich nämlich das letzte Mal so gefühlt habe, ging es für mich nicht gut aus.

Aber ich habe niemanden mehr so sehr gemocht, seit ... seit dem letzten Mal, als ich Ben gemocht habe. Uff. Wie deprimierend. »Vielleicht überzeugt mich der Duft auch noch.«

Wir haben das kleine Feinkostgeschäft mit der niedlichen Einrichtung erreicht. Über den draußen aufgestellten Tischen und Stühlen breitet sich eine kastanienbraune Markise aus, aber drinnen gibt es weitere Sitzplätze. Das Personal lächelt bei unserem Eintreten und der Duft von Barbecue und kräftigen Gewürzen durchflutet meine Nasenlöcher. Er hatte recht – mir wird jetzt schon der Mund wässrig.

»Ich finde, dieses Bimbap-Zeug klingt gut«, sage ich. »Ich freue mich schon darauf, es zu probieren.«

»Du wirst nicht enttäuscht sein«, sagt er. »Aber eigentlich heißt es *Bi*bimbap. Ich glaube, der ›Bibim‹-Teil bedeutet gemischtes Gemüse oder so etwas, und das Bap steht für den Reis.«

»Na gut, ich wage einen Versuch.«

»Mr. Ben!« Der Mann an der Theke hat kurze Haare, wunderschöne dunkle Augen und ein riesiges Lächeln. »Bulgogi?«

Ben lächelt sofort zurück, wobei seine Grübchen mich praktisch blenden, obwohl sie nicht auf mich gerichtet sind. »Auf jeden Fall. Meine Freundin hier möchte das Bibimbap versuchen.«

»Eine gute Wahl«, sagt der Mann. »Und sagten Sie Ihre gute Freundin, oder die *Freundin?* Denn falls sie nur eine gute Freundin ist, spendiere ich vielleicht noch ein wenig knuspriges Tofu mit meiner Telefonnummer.« Er wackelt mit den Augenbrauen. »Ich bin nicht nur hübsch, mir gehört auch noch dieser Laden.«

»Gehört der nicht Ihrer Mutter?«

Der Kerl winkt mit einer Hand. »Ach, das ist doch so lang wie breit. Auf solche Details sollte man sich nicht versteifen.«

Ben ist der Frage ausgewichen, was seltsam erscheint. Schließlich gibt es keine Parallelwelt, in der ich seine Freundin bin. Die Antwort hätte ihm also leichtfallen sollen.

»Ist der gebratene Tofu gut?«, frage ich.

»Er ist so gut, dass Sie mich um meine Telefonnummer anflehen werden«, sagt der Typ.

»Wir fügen ihn zu unserer Bestellung hinzu, und ich übernehme die Rechnung.« Ben wendet sich mir zu. »Dann bin *ich* der, den du anbettelst, richtig?«

Ich kann mein Lachen nicht unterdrücken. »Ich bin mir sicher, dass ich deine Telefonnummer schon gestern bekommen habe.«

»Also ist sie nicht Ihre Freundin.« Der junge Mann setzt zwei Gläser ab und lehnt sich gegen die Theke. »Dann haben wir freie Bahn.«

»Ihr beiden seid urkomisch.« Ich schnappe mir mein Glas und wirble herum, um mich dann mit der Auswahl einer Limonade abzulenken. Dr. Pepper vielleicht? Ich sollte einfach nur Wasser trinken. Ich hatte schon länger geplant, das Brausewasser aus meinem Ernährungsplan zu streichen.

»Du magst Dr. Pepper immer noch?« Ben schiebt sein Glas unter die Eismaschine und drückt dann den Knopf für Dr. Pepper.

Wie kommt es, dass er sich daran erinnert? »Bin ich wirklich so langweilig?«

»Nicht langweilig«, sagt er. »Es ist mein Lieblingsgetränk, seit du aufgezeigt hast, wie viel besser es ist als normale Cola.«

Ich gebe das Wasserding auf und fülle meinen Becher, sobald er fertig ist. »Ich trinke es immer noch.« Es ist ja nicht so, als ob es irgendetwas bedeuten würde, wenn ich mich weigere einzugestehen, dass es mein Lieblingsgetränk ist. Ich glaube, mein Gehirn hängt momentan in Schieflage in meinem Schädel.

»Möchtest du in der Ecke sitzen? Hier drüben ist weniger Fußverkehr.«

»Klar.« Ich folge ihm zum Tisch ganz hinten.

Fast schon bevor ich mich gesetzt habe, beginnt er damit, mich zum am Vortag erarbeiteten Plan auszufragen. Ich erkläre ihm, welche Details ich hinzugefügt habe und die Ideen, die meine Chefin hatte, um die Umsetzbarkeit zu verbessern.

»Du hast viel Zeit damit verbracht, darüber nachzudenken«, sagt er. »Woher hast du gewusst, dass mein Onkel uns eine Abfuhr erteilen würde?«

Ich zucke mit den Achseln. »Habe ich nicht. Aber es ist unsere Aufgabe, vorbereitet zu sein – egal, wie sich die Situation entwickelt.«

Er seufzt. »Ist es nicht ziemlich anstrengend, ständig für den schlechtesten Fall zu planen?«

»Wenn man nicht plant, tut es am Ende mehr weh.« Ich kann mich nicht davon abhalten, an den Tag meines Abschlussballs zu denken – und die Woche danach. Das war ein harter Schlag, und ich war völlig unvorbereitet.

»Das ist wohl wahr.«

»Das mit deinem Onkel tut mir leid«, sage ich. »Ich bin mir nicht sicher, ob ich dir das schon gesagt habe. Deine Mutter und du, ihr habt auf seine Unterstützung gehofft, ich weiß.«

»Glaubst du, wir können all das hinter uns lassen?«

»Auf der Unternehmensebene?« Ich nicke. »Solche Dinge kümmern die Leute nicht annähernd so viel, wie sie es sollten. Sie sind einen Tag lang entrüstet, vielleicht auch eine Woche. Einige halten vielleicht einen Monat lang an ihrer Wut fest, aber am Ende beruhigen sie sich wieder. Sie gehen in die Reparaturwerkstatt, die ihre Informationen abgespeichert hat. Diejenige, die sie nach Hause fährt, die sie in der Vergangenheit genutzt haben oder die ihrem Wohnort am nächsten ist. Die Menschen sind so eigennützig, dass sie an nichts festhalten, was ihnen ungelegen kommt.«

»Wow, du bist eine wahre Optimistin.«

Ich zucke mit den Achseln. »Das hängt von deiner Perspektive ab. In diesem Fall hilft es dir, oder? Ich meine nur, du willst ja nicht, dass das Unternehmen scheitert.«

»Ich habe es einfach satt, dass mein Vater mit allem durchkommt. Je länger du davon sprichst, wie wir unser Image wieder aufpolieren, desto mehr denke ich darüber nach, ihm ins Gesicht zu schlagen. Jemand sollte etwas tun – er sollte bezahlen müssen. Findest du nicht?«

»Die Welt ist nicht fair«, sage ich. »Reiche Leute leben in einer eigenen Realität. Zu sehr darüber nachzudenken bringt dir nur schlaflose Nächte.«

»Etwas Gutes ist dabei immerhin herausgekommen«, sagt er.

»Was denn?« Ich blicke zu ihm hoch.

Und genau dann wird unser Essen gebracht.

War ja klar.

Mein Leben läuft immer nach exakt diesem Timing ab.

Der Typ, der unsere Bestellungen aufgenommen hat, ist auch derjenige, der unsere Teller bringt – alle drei auf einem Tablett. »Hier ist das Bibimbap.« Er setzt es vor mir ab, und es sieht viel hübscher aus als in meiner Vorstellung. Es ist eine große Schüssel mit kleinen Haufen verschiedenfarbigen Gemüses, dazu ein großer Teil dampfendes Rindfleisch. Über all dem liegt dann noch eine Schicht hellroter Soße.

»Was ist in der Soße?«, frage ich.

»Das ist ein Geheimnis«, sagt der junge Mann. »Aber ich schwöre, sie werden es lieben.« Er deutet auf die Serviette unter der Schüssel. »Falls sie Lust auf Nachschub bekommen, das ist meine Nummer. Ich liefere sogar nach Hause.« Er zwinkert.

»Raus hier«, sagt Ben.

Der Typ grinst, als er das Tofu und Bulgogi auf den Tisch stellt. »Nicht alle von uns besitzen eine riesige Firma. Wir müssen einsetzen, was wir haben.« Er zuckt mit den Achseln und geht wieder.

»Dieser Kerl.« Ben schüttelt den Kopf.

»Wenn es so gut ist, wie du sagst, sollte ich ihn vielleicht anrufen.«

Ben nimmt zwei Essstäbchen in die Hand. »Mit diesem Projekt wirst du eine Weile ziemlich beschäftigt sein, oder?«

»Ich habe noch nicht einmal eine unterzeichnete Repräsentationsvereinbarung«, sage ich.

»Darum kümmern wir uns, sobald wir zurück im Büro sind.« Ben grinst. »Ich bin darauf angewiesen, dass du uns weiterhin hilfst. Jetzt gerade bist du das einzig Gute an meinem Tag.«

»Warum hast du Jennifer nicht geheiratet?«, platze ich heraus. Ich muss meine Hand um eine Gabel schließen, um zu verhindern, dass ich mir den Mund zuhalte. *Warum habe ich das gefragt? Was ist nur mit mir los?*

»Woher weißt du überhaupt, dass wir verlobt waren?«

»Mal sehen.« Ich halte meinen Zeigefinger hoch. »Facebook-Posts von gemeinsamen Freunden.«

»Okay.« Er wirkt ein wenig verlegen.

»Außerdem hat Mary mich angerufen.« Ich halte den zweiten Finger hoch.

»Woher hat sie es gewusst?«, fragt er fast schon entsetzt.

»Dasselbe«, sage ich. »Nehme ich an.«

»Logisch.«

Ich halte einen dritten Finger hoch. »Und zu guter Letzt habe ich es in der Zeitung gesehen.« Oder besser gesagt hat Mary mir einen Artikel über die bevorstehende Hochzeit zugeschickt und ich habe den Tag auf meinem Kalender schwarz durchgestrichen. Möglicherweise war ich in der folgenden Nacht etwas beschwipst. Was mir zum Glück nicht auch noch herausrutscht.

»Ich hätte mich gar nicht erst mit ihr verloben sollen«, sagt er. »Geliebt habe ich sie nie.« Seine Augen werden groß. »Das war eine peinlich private Enthüllung.« Er seufzt. »Ihre Eltern wohnen gleich neben meinen.«

»Oh, ich erinnere mich.« Die Hitze in meinen Wangen warnt mich, dass ich erröte, aber zumindest sieht Ben diesmal genauso nervös aus.

»Ich bin mir nicht sicher, ob ich mich je dafür entschuldigt habe, wie es damals gelaufen ist.«

Ich schüttle den Kopf. »Stopp. Ich hätte nie fragen sollen. Ich wollte diese Büchse der Pandora nicht absichtlich öffnen. Offensichtlich waren du und ich als Paar schon immer eine blöde Idee ...«

»Warum?« Er wirkt aufrichtig perplex.

Ich kann mein Lachen nicht unterdrücken. »Konzentrieren wir uns mal auf das aktuelle Problem, hm? Ich denke ...«

Ben greift über den Tisch hinweg nach meiner Hand. »Das versuche ich ja. Du hast keine Ahnung, wie beschämt ich anfangs war, als ich dich dort an der Pressekonferenz gesehen habe. Ich hätte wissen sollen, dass du nicht da warst, um uns auszulachen oder Salz in unsere Wunden zu streuen. Offensichtlich bist du gekommen, um uns zu helfen. Du hast dich verbogen und Pläne neu konfiguriert und dir bei jeder neuen Entwicklung ein Bein ausgerissen, um mein Leben zu verbessern. So wie immer.«

»Ben ...«

»Ich habe Jennifer den Antrag gemacht, weil meine Eltern mir deswegen ständig in den Ohren gelegen sind und sie sich so auf unsere gemeinsame Zukunft gefreut hat. Was auch passiert ist, das Leben hat sie immer wieder zu mir zurückgeworfen. Sie ist hübsch und klug, also dachte ich mir, warum kämpfe ich noch dagegen an?« Seine Schultern sinken herab. »Was für eine dumme Rechtfertigung für einen Antrag. Ich habe nicht einmal den Ring gekauft. Mein Vater hat das Juweliergeschäft angewiesen, mir einen zuzusenden.«

Das ist ... vielleicht etwas vom Traurigsten, was ich je gehört habe. »Sie hatte etwas Besseres verdient.«

Er blickt mir in die Augen, in seinen eigenen liegt ein Ausdruck der Erschütterung. »Das hat sie, ja.«

»Egal, was für ein Traumtyp er ist – kein Mädchen stellt sich eine Zukunft mit einem Mann vor, der zur Heirat mit ihr gezwungen wird.«

»Ihr Vater besitzt Autohäuser, weißt du. Mehrere davon.«

»Das hatte ich vergessen.«

»Ihr Vater und meiner arbeiten immer noch zusammen. Tatsächlich habe ich sie vor einigen Wochen gesehen. Sie ist glücklich verheiratet mit einem Buchhalter aus der Firma ihres Vaters. Die beiden erwarten ein Kind.«

»Nun, das ist gut. Wenn sie glücklich ist.«

»Ich glaube, das ist sie.«

»Schau mal, Ben, ich weiß, dass vor zehn Jahren ...«

»Es sind noch keine zehn Jahre vergangen, weißt du. Diesen Sommer findet unser Klassentreffen statt. Ich hatte mich zunächst angemeldet, aber dann ist mir eingefallen, dass du zwei Jahre jünger bist und nicht hingehen wirst. Also habe ich abgesagt.«

Es gab einige Gelegenheiten in meinem Leben, bei denen ich schmerzhaft auf den Hintern gefallen bin, und einmal ist ein Fußball genau gegen meine Brust geknallt. Wenn so etwas passiert, wird die ganze Luft aus mir herausgepresst und ich kann nicht atmen. Genau das geschieht jetzt, allerdings ohne die stumpfe Gewalteinwirkung.

Er wollte mich wiedersehen?

Bereut er das Geschehene? Aber er ist derjenige, der nicht angerufen hat. Der, dessen Schuld es ist ...

»Ich kann das nicht«, sage ich.

Aber das ist eine Lüge.

Ich habe *jahrelang* davon geträumt, wie Ben mir sagt, dass er mich mag. Ich habe erst kürzlich davon geträumt. Manchmal, wenn ich mir eine Szene genau wie diese ausmale, liege ich nach dem Aufwachen mit geschlossenen Augen im Bett und wünsche mir, ich könnte nochmals einschlafen und den Traum aufs Neue durchleben.

Und jetzt steht er vor mir, mit seinen beiden Grübchen, dem athletischen Körperbau und keinerlei Ring an seinem Finger. Er steht da und erzählt mir, dass er Jennifer nicht geheiratet hat und mich diesen Sommer sehen wollte, und ich erzähle ihm was genau? Ich kann nicht? Was kann ich nicht? Normal sein? Etwas Gutes geschehen lassen?

Aber vielleicht ist genau das mein Problem.

Egal, wie oft ich davon träume – ich kann mir nicht vorstellen, dass Ben mich tatsächlich mögen würde und wir jemals gemeinsam in den Sonnenuntergang reiten könnten.

Er ist wie der Saturn. Wunderschön, einzigartig, nicht von dieser Welt.

Ich bin ein minderwertiger Steinklumpen. Weltraumabfall.

Wir befinden uns nicht einmal auf derselben Messskala.

»Was kannst du nicht?«, fragt Ben. »Das Bibimbap essen? Den gebratenen Tofu kosten? Hilfst du mir mal bei der Lösung dieses Falls?« Er beugt sich näher heran. »Oder sagst du, falls ich dich jetzt gleich zu einem Essen ausführe, würdest du mir direkt einen Korb geben? Verfolgst du eine strikte Politik, die Verabredungen mit Klienten ausschließt?«

»Ich meine, ich ...« Wahrscheinlich tue ich das wirklich. »Ja. Die Firma würde nicht zulassen, dass ich dich auf ein Date ausführe.«

»Und da du aktiv auf mich zugegangen bist, nehme ich an, dass du mich als Kunden brauchst?« Auf seinem Gesicht liegt ein verwundeter Ausdruck.

Ich nicke.

»Nun gut. Okay.«

»Wir sollten sicherstellen, dass wir auf demselben

Stand sind, was unseren Schlachtplan angeht. Dann können wir die Pressemitteilungen zusammenstellen und den Ball ins Rollen bringen.«

»Richtig.«

Aber Ben sieht so gebrochen aus, wie ich mich fühle.

9

KAPITEL NEUN: ADDY

ZEHN JAHRE ZUVOR

Mary und ich durchsuchen in der Hoffnung, dass auf wundersame Weise doch noch etwas Brauchbares auftaucht, zum vierten Mal meinen Kleiderschrank, als meine Mutter gegen den Türrahmen klopft.

»Bist du immer noch panisch wegen dem Abschlussball?« Ihre Miene drückt ihr Mitgefühl aus. Ich habe es ihr vor Wochen erzählt, verstehe aber auch, dass uns für ein schickes Kleid das Geld fehlt.

»Schon gut, Mama. Ich hab's dir ja gesagt. Wir denken uns etwas aus.«

»Du könntest den Faltenrock mit diesem weißen Oberteil kombinieren.« Mama greift nach dem Rock.

Oh, toll. Der reichste Typ an meiner Schule hat mich zum Abschlussball eingeladen, und ich kann als katholisches Privatschulkind mit einem etwas zu kleinen Faltenrock hingehen.

Wir haben Glück, dass Mama genug für unseren Lebensunterhalt verdient, das weiß ich. Ich bin auch dankbar, dass meine Großeltern etwas beisteuern, wenn es unerträglich knapp wird. An manchen Tagen aber fühle ich mich überhaupt nicht wie ein Glückskind. Heute ist einer dieser Tage.

»Der Abschlussball ist morgen, Mama. Mary ist hergekommen, damit wir Ideen sammeln können.«

»Dann bin ich ja zum perfekten Zeitpunkt gekommen.« Mama seufzt. »Wenn du mir nämlich nicht sagst, dass das mit dem Faltenrock eine dumme Idee ist, bist du wirklich verzweifelt.«

Natürlich bin ich verzweifelt. Ich bin eine Zehntklässlerin, die mit einem Oberstufenschüler zum Abschlussball geht, und meine beste Option für ein Kleid ist ... ich habe kein einziges Kleid.

Mama strahlt, als sie hinter die Tür greift und einen Beutel hervorzieht. »Als ich auf dem Dachboden war und gesucht habe nach – weißt du was? Egal. Jedenfalls wurde mir klar, dass an den Weihnachtskissen, die ich mit meinem Bonus gekauft habe, immer noch die Preisschilder dranhingen. Es ist etwas mehr als 90 Tage her, aber die Verkäuferin bei Ross hatte Mitleid mit mir und ...« Sie entnimmt dem Beutel ein geschmeidiges Etwas und streckt es mir entgegen.

Ich greife gierig zu und meine Hoffnungen sind im Höhenflug.

»Es hat ursprünglich mehr als hundert Dollar gekostet«, sagt Mama.

Es ist ein champagnerfarbenes Etuikleid, und ich

kann meinen Augen kaum trauen. Jedenfalls, bis ich es anziehe. Das eigentliche Kleid ist nicht so übel – es hat sogar die richtige Größe. Aber irgendeine dumme Person hat es mit stufenförmig abfallenden Blumen aufgehübscht, die auf der rechten Seite von knapp unterhalb der Brust bis zur Hüfte aufgenäht wurden. Die Verzierungen bestehen aus hellweißen Blumen, die im Kontrast zum champagnerfarbenen Stoff beinahe blendend wirken. Das Material, aus dem sie bestehen, war von Anfang an nicht von der besten Qualität und nun hängen sie schlaff herab – vielleicht hingen sie zu lange im Kleidergestell oder die Temperatur im Lagerhaus war zu hoch.

Sie sehen aus wie Klumpen geschmolzener Marshmallows, die seitlich meinen Körper hinabrinnen.

Igitt.

Ich benötige jedes Quäntchen meiner Energie, um meine Mutter davon zu überzeugen, dass ich dank ihres brillanten Fundstücks völlig aus dem Häuschen bin. Sobald sie aber gegangen ist, heule ich los und kann nicht mehr damit aufhören. Nicht einmal, als Ben anruft – Mary erzählt ihm, ich wäre unter der Dusche, was lächerlich ist. Wer duscht schon um fünf Uhr nachmittags?

Ich brauche beinahe eine halbe Stunde, um mich zu beruhigen, und bin mir nicht sicher, ob ich es ohne Marys Einfall überhaupt geschafft hätte.

»Wie wäre es, wenn wir die Blumen abreißen?«

Ich wische mir über das Gesicht. »Wenn wir was machen?«

»Das Kleid ist gar nicht so schlecht. Es sind die Blumen, die es ruinieren.«

Ich stehe auf und zwinge mich dazu, es im Spiegel, der

an der Rückseite meiner Tür hängt, erneut zu betrachten. Sie hat recht.

Es dauert noch einmal dreißig Minuten, die Blumen zu entfernen. Das Kleid sieht wirklich nicht so übel aus – es schmiegt sich an meine Figur an, und ich bin zwar nicht besonders kurvig, aber auch nicht von schlechten Eltern. Es ist ein wenig schlicht – ein einfaches Etuikleid aus Polyester – aber es ist keine Peinlichkeit.

Unglücklicherweise hat jede Stelle, an der eine Blume befestigt war, Runzeln gebildet und jetzt sieht es so aus, als wäre meine Körperseite unterhalb des Kleids mit Eiterbeulen bedeckt.

Mary beginnt zu lachen.

Meine unerschütterliche, loyale Freundin lacht mich aus.

»Was ist so lustig?«

»Es ist nur, ich war so eifersüchtig, dass du zum Abschlussball gehst.« Sie sinkt auf mein Bett.

Ich lasse mich auf meinen Schreibtischstuhl sinken. »Ich weiß. Ein lächerlicher Gedanke, oder? Ich, ich gehe zum Abschlussball? Und dir würde es ja auch nicht besser ergehen.«

Nun strömen Tränen über ihr Gesicht. »Oh, bei mir wäre es definitiv schlimmer. Mein Vater würde mich mit ... einer Schachtel voller Abfallsäcke retten. Du und ich, wir müssten aus Plastikbeuteln und Klebestreifen, die wir aus dem Tankstellenshop um die Ecke mitgehen lassen, etwas für mich zusammenbasteln.«

Ihr Lachen ist ansteckend, das war es schon immer, und jetzt kann ich mich nicht mehr davon abhalten, mitzulachen. Es ist immer besser, gemeinsam mit einer

Freundin zu leiden. Aber einen Plan habe ich immer noch nicht. »Was mache ich jetzt nur?«

»Ein Schal?« Jetzt kommen wir der Sache näher. »Oooh, ich weiß. Wir könnten diesen Pulli zerschneiden und dir einen Umhang machen.« Sie greift nach dem Pullover, den Mama letztes Jahr für den Hässlichster-Pulli-Wettbewerb der Schule bei Goodwill ausgegraben hat. Die über die ganze Vorderseite aufgenähten Pailletten und Perlen bilden die Form eines Nussknackers, eines Elchs und eines Schneemanns ab. Wenn man sich für einen Pullover kein schlüssiges Thema einfallen lassen kann, macht es wohl Sinn, jedes mögliche Motiv darauf zu kotzen.

»Warte mal.« Mary starrt auf die Vorderseite des Pullis, als wäre sie von der Muse geküsst worden. »Ich habe eine Idee.« Sie hebt langsam den Blick.

»Was denn?«

»Es könnte fantastisch werden.« Sie zieht einen Mundwinkel nach oben.

»Oder?«

»Oder es wird ein totaler Schlag ins Wasser, und dann bist du vielleicht dazu verdammt, in einem Faltenrock zum Abschlussball zu gehen.«

Ich zucke mit den Achseln. »Es ist ja nicht so, als ob ich viel zu verlieren hätte.«

Sie wühlt in meiner Kommode herum, bis sie das Nähzeug findet, das sie mir letztes Jahr zu Weihnachten geschenkt hat. Das ich nie angerührt habe. Mary ist bei fast allem ein Ass, aber ihre Kleider flickt sie schon seit Jahren selbst. Offensichtlich hat sie in der Hauswirtschaftslehre viel besser aufgepasst als ich.

Meine liebe Freundin bleibt bis fast drei Uhr morgens auf und macht das Unmögliche möglich. Wir schlafen am Samstag ganz lange, und als wir dann aufgewacht sind und nach der Mittagszeit noch Frühstück gegessen und geduscht haben, realisiere ich, dass mir kaum noch Zeit bleibt, um mich auf den Abschlussball vorzubereiten.

Mary wartet in meinem Zimmer, während ich in die Dusche hüpfe. Als ich in einem Handtuch zurückkehre, hat sie mein komplettes Make-up schon zurechtgelegt, dazu zwei verschiedene Optionen für Schuhe.

»Du könntest auf Punkrock setzen.« Sie deutet auf meinen Converse. »Oder du wählst Eleganz.« Nun deutet sie auf die schwarzen Pumps meiner Mutter.

Schulkind oder Fußball-Mutter würde es akkurater treffen, aber Mary rückt immer alles in ein positives Licht.

Meine Mutter klopft erneut gegen den Türrahmen und erinnert mich daran, dass ich die Tür habe offenstehen lassen. »Bist du sicher, dass ich dir nicht die Haare machen soll?«

»Danke für das liebe Angebot, aber ich bin mir sicher.« Nach all den Jahren, in denen meine Mutter mir die Haare für den Kirchenbesuch frisiert hat, bin ich absolut überzeugt, dass ich sie heute nicht einmal in der Nähe meiner Haare haben möchte. Ich habe eine Vorstellung davon, wie das am Ende aussehen würde – zwei Zöpfe, die ab Halsansatz beginnen und sich nach oben winden, um »niveauvoll« zu wirken, und dann oben auf meinem Kopf zusammengesteckt werden.

Ich würde wie eine Siebenjährige aussehen. Ich unterdrücke mein Erschaudern.

»Du machst dir wirklich nur Wellen rein? Das ist alles?« Sie runzelt die Stirn. »Aber ich habe mir online ein paar Sachen angesehen und ...«

»Mama, wirklich.« Sie meint es immer so gut, dass ich mich furchtbar fühle, wenn ich ablehne.

Es dauert beinahe eine Stunde, aber schließlich sind meine babyfeinen Haare komplett trocken und gewellt. Mary beginnt gerade mit meinem Make-up, als meine Mutter zurückkommt. »Ich habe mich online schlau gemacht, und wie wäre es, wenn ...«

Sie erstarrt. »Oha!«

Ich hätte sie darauf vorbereiten sollen oder so.

»Was um alles in der Welt ist mit dem Kleid passiert?«

Mary springt auf die Füße. »Na ja, die Sache ist die ...«

»Es sieht großartig aus!« Mutter zieht mich ebenfalls in eine stehende Position und wirbelt mich herum, als wäre ich eine Ballerina-Figur auf einer Schmuckkassette. »Wer hat das getan?« Sie sieht mich an.

Als ob ich überhaupt fähig wäre, Blumen und Schmetterlinge zu sticken, die mit kunstvoll platzierten Pailletten und Perlen verziert sind.

»Ich habe mir ein paar YouTube-Videos angesehen«, sagt Mary. »Es war wirklich nicht so schwierig.«

»So schwierig? Das ist atemberaubend.« Die Augen meiner Mutter füllen sich tatsächlich mit Tränen. »Jetzt kann ich dich nicht mehr gehen lassen.«

»Was?« *Bitte, bitte, bitte lass es nur ein Scherz sein.* Mama hat einen wirklich eigenartigen Sinn für Humor.

»Als du nur ein Kind warst, ging es in Ordnung«, sagt Mama. »Aber jetzt siehst du aus wie Cinderella.«

Wenigstens ist es ein Witz, aber sie übertreibt extrem. »Ich freue mich, dass du es magst, aber es ist wirklich ...«

Mama drückt mich fest an sich. »Ich hoffe wirklich, dass du einen wundervollen Abend hast, Addy. Das war ein schwieriges Jahr.«

Damit liegt sie nicht ganz falsch, aber ich spüre, dass Mamas Überschwänglichkeit Mary traurig macht. Ihre Mutter ist vor langer Zeit gegangen. Für Mary ist dies also wirklich ein Cinderella-Märchen. Eine Mutter, die Kissen für ein Kleid eintauscht? Ein Oberstufenschüler, der mich bittet, ihn zum Ball zu begleiten? Ich werde dank ihr in diesem fantastischen Kleid tanzen, während sie zu Hause festsitzt und wieder einmal Hotdogs für Trudy macht.

»Danke, Mary. Ohne dich ...« Meine Stimme versagt.

Unabhängig vom Verlauf des Abends kann ich mich glücklich schätzen, eine solche Mutter und Freundin zu haben.

Das versuche ich mir in Erinnerung zu rufen, als es eine Stunde später klingelt.

Als ich die Tür öffne, lächelt Ben bereits. »Bist du bereit?«

»Entschuldigen Sie, junger Mann, aber wir wurden uns noch nicht einmal vorgestellt.« Mutter hebt das Kinn. »Ich hoffe, Sie überzeugen mich gründlich, dass Sie sich wie ein Gentleman verhalten werden.«

Ben zuckt nicht zusammen. Er schreckt nicht zurück. Er wirkt nicht einmal peinlich berührt. Sein Lächeln wird breiter, und er tritt ein, wobei seine breiten Schultern – bedeckt von einem perfekt maßgeschneiderten Anzug – knapp durch den Türrahmen passen. »Mein Name ist Ben Newberg, Mrs. Thorley. Ich kann gar nicht beschreiben, wie sehr ich mich freue, dass Sie ihre Tochter mit mir zum Ball gehen lassen.«

Mama blinzelt.

»Als ich sie im Camp K.E.E.P. kennengelernt habe, wusste ich sofort, dass an ihr etwas Besonderes ist. Ich glaube, es ist kein Tag vergangen, an dem sie nicht etwas gesagt hat, das ich hören musste.«

»Oh. Nun, das ist sehr nett. Bringen Sie sie um elf zurück? Auf die Minute?«

Bens Mund klappt auf.

»Mama, der Ball ist vor elf noch nicht mal vorbei, und es ist in der Innenstadt.«

»Oh. Dann um zwölf?«

Ben nickt.

»Sehr gut«, sagt Mama. »Sehr gut.«

»Bis später«, sage ich.

»Ich warte auf jeden Fall hier, bis du nach Hause kommst«, sagt Mary. »Ich wünsche dir so viel Spaß!«

Ben reicht mir seine Hand und ich ergreife sie, wobei sich unsere Finger mühelos verschränken. Nicht ganz so leicht fällt mir, was ich dabei empfinde – der Druck, den seine Hand gegen meine ausübt, bringt mein Herz dazu, in meiner Brust zu hämmern. Das ist nicht einfach nur eine Art persönlicher Chemie. Da Mama mich nicht auf Verabredungen gehen lässt, ist das so ziemlich das erste Mal, dass ich wieder in seiner Nähe bin. Wir belegen keine gemeinsamen Kurse und haben unterschiedliche Mittagspausen. Wir sehen uns nicht an der Schule. Abgesehen von unseren Telefongesprächen hatten wir seit dem Lager keinen wirklichen Kontakt.

Bis jetzt.

Und er beansprucht meine Hand, als wäre es seine eigene, und führt mich zum Auto. Er geht zur Beifahrerseite herum und öffnet die Tür für mich. Ich bin ehrlich gesagt ein wenig enttäuscht, als ich mich daran erinnere, dass Mike und seine Verabredung Rebecca – eine wirklich nette Oberstufenschülerin mit hellroten Haaren – im Wagen warten.

»Addy!« Mike ist immer eine Stimmungskanone, also freue ich mich, dass er hier ist. Aber ...

»Mike! Und Mikes Verabredung!« Sie heißt Rebecca, das weiß ich. Da wir uns aber nie kennengelernt haben, wäre es irgendwie seltsam, ihren Vornamen zu benutzen.

»Nenn mich Rebecca«, sagt sie. »Es ist so schön, dich endlich kennenzulernen, Addy. Ich habe viel Gutes gehört.«

»Oh?« Jetzt bin ich nervös. Wer hat ihr Dinge über mich erzählt, und was genau?

»Wir haben ihr alles über dein ausgeprägtes Gespür für Mode erzählt«, sagt Mike, »und sie kann es kaum erwarten, ein Paar Stiefel wie deine zu bekommen.«

»Vielleicht eine Größe kleiner, nach dem, was die Jungs so sagen.«

Ich sollte wütend sein oder mich angegriffen fühlen, aber das tue ich nicht. Mike hat diesen Effekt auf andere Menschen. Wäre er sonst jemand, hätte ich das Gefühl, gehänselt zu werden, aber Mike würde sich niemals hinter meinem Rücken über mich lustig machen. »eBay ist wohl deine einzige Hoffnung.« Ich kann mir ein Grinsen nicht verkneifen.

Ben steigt ein und lässt den Motor des Trucks an. »Ich bin mir nicht sicher, ob wir ohne diese Stiefel jemals Freunde geworden wären. Ich sollte mir wohl auch noch ein Paar suchen.«

»Oh, du darfst dir jederzeit meine ausleihen«, sage ich. »Ich wette, sie haben ungefähr deine Größe.«

Er lacht. »Das stimmt wohl.«

Der Rest des Balls verläuft wie im Traum. Ich hatte

mir Sorgen gemacht, dass ich dort hineingehe und die Leute auf mich zeigen oder höhnische Bemerkungen machen würden. Aber an Bens Seite zu stehen ist wie ein Zugangsausweis der höchsten Stufe. Falls die Mädchen fiese Gedanken hegen, werden sie es nicht wagen, etwas anzudeuten, und schon gar nicht, es laut auszusprechen. Nicht, wenn er den Arm um mich gelegt hat. Er ist viel zu scharfsinnig, um auch nur subtile Anspielungen zu überhören. Und als wäre Ben nicht genug, macht auch Mike unmissverständlich klar, dass wir befreundet sind. Er stiehlt mich sogar für nicht nur einen, sondern gleich zwei Tänze davon.

»Ben ist ein Glückspilz«, sagt Mike. »Hätte er dich nicht zuerst angerufen, wärst du heute vielleicht mit mir da.«

»Oh, bitte«, sage ich. »Rebecca ist viel zu gut für dich.«

Er lacht. »Das stimmt wohl, aber ich war schon immer der Typ, der nach den Sternen greift.«

»Danke«, sage ich.

Seine Augenbrauen ziehen sich zusammen. »Wofür denn?«

»Dafür, dass du mit dieser unbeholfenen Zehntklässlerin befreundet bist.«

»Du hast das coolste Kleid hier. Du bist einzigartig und lustig und klug. Mein einziger Kritikpunkt ist, dass du oft das falsche Wort benutzt. Wenn du heute Abend nach Hause kommst, habe ich eine Hausaufgabe für dich.«

»Oh?«

»Schlag mal das Wort unbeholfen nach. Wenn du dann den SAT-Test machst, willst du seine echte Bedeutung kennen.« Er lehnt sich etwas näher heran. »Es trifft nicht auf dich zu, Addy. Überhaupt nicht.«

Ben ergreift Mikes Arm und zerrt ihn ein Stück nach hinten. »Zu nah, Mikey. Sie ist *meine* Verabredung.«

Beide lachen, und Mike schüttelt Bens Hand ab und zupft seinen Anzug zurecht. »Nicht alle von uns besitzen unsere eigene Abendgarderobe, Sir Ben. Sei vielleicht ein bisschen vorsichtiger mit all dem Gezerre. Ich will meine Anzahlung nicht verlieren.«

»Du hast deinen eigenen Anzug?« Ich kann mir die Frage nicht verkneifen, nachdem Ben mich zurück auf die Tanzfläche geführt hat.

»Hast du angemessenes Mitleid mit mir?«

»Hä?«

»Welcher Kerl auf dieser Welt will schon einen eigenen Anzug besitzen?« Er seufzt. »So einen hat man nur, wenn die eigenen Eltern einen viel zu oft zu schicken Anlässen mitschleppen.«

Ich denke darüber nach. Ich besitze nicht einmal ein Kleid, das für einen solchen Anlass angemessen wäre. Und wäre Mary nicht gewillt gewesen, die ganze Nacht lang daran zu arbeiten, wäre ich statt einer langen Reihe von Komplimenten einer Litanei von Spott und Gekicher ausgesetzt gewesen. »Wie langweilig ist dir heute Abend genau? Auf einer Skala von eins bis zehn vielleicht.«

Ben zieht mich näher heran und sein Arm verstärkt den Druck gegen meinen Rücken. »Vielleicht fünf oder sechs?«

»Fünf?« Meine Stimme ist ein klein wenig zu schrill, dass es als Scherz durchgehen würde. »Machst du Witze?«

Sein Grinsen ist schief. »Warum würde ich einen Witz machen? Wir sind seit Stunden hier.«

»Tanzt du nicht gern?«

»Es ist überbewertet.« Er zieht mich noch ein wenig

näher zu sich. Unsere Körper berühren sich nahtlos von meiner Hüfte bis fast zu unserer Brust.

»Du kannst es ziemlich gut«, sage ich sanft.

»Auch das verdanke ich meinen Eltern, die mich zu blöden Partys mitnehmen.«

»Nun, ich weiß deine Qualen zu schätzen.« Ich beiße mir auf die Lippe. »Aber ich werde nicht lügen und behaupten, dass es mich glücklich macht zu hören, dass dieser Abend eine Bewertung von fünf oder sechs bekommt.«

»Ich schätze, wenn wir deine Gesellschaft einberechnen, geht es noch etwas nach oben.«

»Zu was?«

Er zuckt mit den Achseln. »Vielleicht eine Sieben?«

»Was müsste ich machen, damit ich eine Acht bekomme?«

Er neigt den Kopf. »Hmm.«

»Auf dem Tisch tanzen?«

Er schüttelt den Kopf. »Nein, das ist zu offensichtlich.«

»Eine ganze Schüssel Punsch in unter sechzig Sekunden leertrinken?«

»Mit Alkohol drin?« Er wölbt eine Augenbraue.

Ich boxe gegen seine Schulter.

»Ich habe eine bessere Idee.« Seine Augen blicken direkt auf meinen Mund.

Und an diesem Punkt kommt es mir so vor, als hätte der gesamte Sauerstoff fluchtartig das Gebäude verlassen. Trotzdem bringe ich es fertig, einige Worte herauszuwürgen. »Tust du das?«

Er nickt, ohne dass seine Augen von meinem Mund ablassen.

»Und welche?« Ich mache einen keuchenden Atemzug.

»Ich glaube, das kannst du erraten.« Sein Kopf sinkt ein kleines Stück herab und auch seine Augenlider senken sich, bis er aussieht, als wäre er im Halbschlaf.

»Warum würdest du mich raten lassen?« Ich atme scharf ein. »Ich meine nur, wir spielen ja kein Ratespiel oder so.« Vorher ist mir nichts eingefallen, was ich sagen könnte, und jetzt brabble ich.

»Wir könnten etwas anderes spielen.« Sein Kopf sinkt noch ein wenig tiefer.

Die Musik wechselt.

Es scheint, als würde Ben es nicht einmal bemerken. Anstelle von Paaren, die sich gemeinsam bewegen, wird die umliegende Tanzfläche nun von Einzelpersonen bevölkert. Jemand rempelt meinen Rücken an und ich fliege nach vorn.

Bens Kopf überbrückt die Distanz und seine Lippen drücken gegen meine.

Mitten auf der Tanzfläche.

Während die Hälfte der Oberstufe um uns versammelt ist.

Seine Hand zwischen meinen Schulterblättern übt zusätzlichen Druck aus, was mich noch näher zu ihm zwingt. Seine Lippen streichen über meine, mein Herz rast und ich vergesse alles außer Ben. Und seinen Mund. Und sein unbekümmertes Lächeln. Ich stelle mich auf die Zehenspitzen, und Ben macht ein seltsames wimmerndes Geräusch.

Und dann realisiere ich, dass jemand Beifall klatscht.

Wegen uns.

Ich verlagere mein Gewicht auf meine Fersen und Ben lässt mich los, beide von uns keuchend und ein wenig benommen.

Aber die Rufe, das Gejauchze, Brüllen und Schreien weckt mich sofort wieder auf. Wie kann es sein, dass wir unseren ersten Kuss auf der Tanzfläche hatten? Inmitten des Abschlussballs?

Meine einzige Erklärung lautet, dass wir in einer Art Paar-Blase steckten und es keinen von uns gekümmert hat, wo wir sind. Ich sollte mich daran erinnern, wenn mir meine Eltern das nächste Mal sagen, Verabredungen wären eine schlechte Idee. Mich *nicht* zu verabreden ist das, was zu diesem bizarr öffentlichen ersten Kuss geführt hat.

Uff.

»Ben und Maddy sitzen auf einem Baum ...«

»Sie heißt *Addy«,* ruft Mike.

Beinahe hätte ich darüber gelacht, wie absurd es doch ist, dass er jemanden korrigiert, der ein spöttisches Grundschullied über uns zum Besten gibt.

»Möchtest du gehen?«, fragt Ben.

Ich nicke.

»Mike, hol uns ein Auto.«

Bens bester Freund setzt nicht einmal zu einem Einwand an. Er salutiert uns lediglich, und als wir durch die Tür hinausgehen, halten wir uns erneut an den Händen. Im Vorbeigehen fällt mir Jennifers Gesichtsausdruck auf – darin liegt keine Wut begraben, nicht einmal verletzte Gefühle.

Sie ist geschockt.

Ich kann ihr deswegen nicht einmal einen Vorwurf machen. Ich hätte mir nicht einmal in meinen wildesten Träumen ausgemalt, heute Abend zum Abschlussball zu gehen oder Ben zu küssen. Aber ich hätte mir definitiv nicht vorstellen können, dass er mich vorzeitig an der

Hand wieder nach draußen zerrt, als hätte er geplant, mich aufzufressen oder so.

Auffressen.

Mein Mund wird trocken. *Was hat er geplant?*

Als Ben den Motor des Trucks startet, sagt die Uhr auf dem Armaturenbrett drei Minuten nach zehn. Seine Stimme ist zwar nicht ausdruckslos, aber auch weit davon entfernt, normal zu klingen. Ich komme einfach nicht darauf, was genau für diesen seltsamen Klang verantwortlich ist.

»Was willst du machen?«

Er lacht. »Ich bin ein Teenager-Junge. Frag mich nicht sowas. Die bessere Frage ist, was *sollten* wir machen?«

»Wenn du mich nach Hause fährst, stellt meine Mutter dich vor die Tür, bevor du ›Teenager-Junge‹ sagen kannst.«

Er lacht leise, was komplett anders klingt als sein normales Lachen. Es ist tief und ungezwungen und ich wünsche mir, ich könnte es bis in alle Ewigkeit immer und immer wieder hören. Ab diesem Punkt dreht er sich um und hebt die Hand zu meinem Gesicht. Seine Finger streichen mir sanft die Haare zurück und hinter ein Ohr. »Ich könnte dich die ganze Nacht lang küssen. Und auch genauso lange anstarren. Aber nichts davon fühlt sich so wichtig an, wie jedes kleine Detail über dich zu erfahren.«

»Dann stimme ich dafür, dass wir uns im IHOP Milchshakes holen.«

Er grinst. »Das ist der perfekte Plan.«

Also tun wir genau das. Ich wähle ein Erdbeershake und er Schokolade. Wir unterhalten uns eine Stunde lang, bis er die Rechnung bezahlt, und danach noch einmal eine halbe Stunde. Am Ende folgt er mir widerwillig nach draußen zum Truck. »Es fühlt sich an, als wärst du wirklich Cinderella und uns läuft die Zeit davon.« Er stöhnt. »Was ist nochmal der Grund, warum du dich nicht verabreden darfst?«

Ich steige in den Truck, aber er beugt sich zu mir, statt zur Fahrerseite zu gehen.

»Ich *mag* dich, Addy. Ich kann nicht aufhören, an dich zu denken. Ich möchte ständig mit dir reden. Dich in jeder einzelnen Minute berühren. Ich möchte deine Meinung zu allem hören.« Seine Hände sinken von meinen Vorderarmen herab und er haucht mir einen Kuss gegen die Stirn. »Bis ich gehen muss, möchte ich dich jeden Tag sehen.«

Diese Worte fallen zwischen uns wie ein Felsbrocken in einen ruhigen Teich.

Er zieht in einigen Monaten weg, um aufs College zu gehen. Darüber hatte ich nicht einmal nachgedacht. Natürlich tut er das – er ist ja in der Oberstufe.

»Ich will nicht, dass du gehst.«

Er erstarrt. »Ich gehe genau dann, wenn du dich endlich verabreden darfst. Was für ein blöder kosmischer Witz.«

Ich lache, als wäre das lustig, aber der Klang ist zu hoch und zu brüchig. »Wir haben uns in die falsche Richtung gedreht. Wir passen nicht zusammen.«

»Du passt zu mir.« Er klingt so überzeugt. »Hast du das heute Abend nicht gespürt? Ich bin glücklicher, wenn wir zusammen sind.«

»Wenn eine Fünf glücklicher ist, dann bin ich nicht so sicher ...«

Er lacht schallend. »Ich habe versucht, cool zu sein und Blödsinn geredet. Der heutige Abend war eine Zehn, und unser Kuss hat sie noch einmal aufgewertet. Ich bin mir nicht sicher, zu was. Das Einzige, was besser war, als den ganzen Abend mit dir zu tanzen, waren die Milchshakes bei IHOP. Ich wollte dich ganz für mich haben.« Er runzelt die Stirn. »Aber wird deine Mutter sauer, wenn sie hört, dass ich dich zum Essen eingeladen habe?«

Darüber hatte ich nicht einmal nachgedacht. Ganz ehrlich, es war so viel besser als das, was er meiner anfänglichen *Einschätzung* zufolge plante, dass sie eigentlich erleichtert sein sollte. Aber es ist für uns beide sicherer, wenn sie es nie herausfindet.

»Ich sollte reingehen.«

»Kannst du mich anrufen?«, fragt er. »Wenn du dann drinnen bist?«

»Du willst, dass ich dich um Mitternacht anrufe?«

»Ich will, dass du mich jederzeit anrufst.«

Mir flattert schon wieder das Herz. »Okay.«

Und das ist der Grund, warum ich mit ihm am Telefon hänge und über meine Skittles-Lieblingsfarbe rede – rot – als er sagt: »Meine Güte – Jennifer, was machst du hier? Und was trägst du ...«

Und dann bricht die Telefonverbindung ab.

Ich blicke auf die Uhr. Es ist ein Uhr dreißig morgens. Ben war bei sich zu Hause, wie ich ja auch. Und dann ist Jennifer aufgetaucht, und er hat etwas gerufen ... und aufgelegt.

Ich rufe ihn dreimal zurück.

Er geht nicht ran.

Zehn Minuten später ruft er mich endlich an. Ich gehe so schnell ran, dass ich mich frage, ob er weiß, wie panisch ich geworden war. »Was ist gerade eben passiert?«

Er seufzt. »Das willst du wirklich nicht wissen.«

»Eigentlich möchte ich das sehr gern«, sage ich. »Jennifer war bei dir zu Hause? Ich dachte, du wärst in deinem Schlafzimmer. Bist du rausgegangen oder so?«

»Ich war in meinem Schlafzimmer.« Seine Stimme ist so ausdruckslos, wie ich es noch nie zuvor gehört habe.

»Und?«

»Und Jennifers Familie hat einen Schlüssel für unser Haus – den Sicherheitscode kennen sie auch. Sie ist einfach in mein Zimmer gestürmt.«

»Mitten in der Nacht?«

»Nackt.«

Mein Gehirn beschließt, eine kleine Urlaubsreise anzutreten. Volle fünf Sekunden lang registriert es gar nichts. Dann endlich fällt der Groschen. »Was?!«

»Ich habe sie gleich wieder rausgeschickt – glaub mir. Ich habe keine Ahnung, was sie sich dabei gedacht hat.«

Er weiß es vielleicht nicht, aber ich habe so einige Ideen.

»Es ist mitten in der Nacht.« Er klingt ungehalten.

»Warum hast du zehn Minuten gebraucht, um mich zurückzurufen?«

Er ist ganz still. Viel zu still.

»Ben?«

»Mein Vater hat uns gehört«, flüstert er. »Und ...«

»Oh nein. Ist er ausgeflippt?«

Ben gibt einen erstickten Laut von sich. »Nicht ganz.«

Was?

»Möglicherweise hat er mich zu überzeugen versucht, dass ich sie bleiben lassen soll.«

Nun bin ich mit Würgen an der Reihe.

»Mein Vater hat eine seltsame Einstellung, und er mag Jennifers Familie. Schau mal, ich habe mich darum gekümmert, okay? Ich schwöre, so etwas Dummes macht sie nie mehr.«

Was will ich hier eigentlich? Ben Newberg ist die Art von Kerl, hinter dem jedes Mädchen her ist. Die leitende Cheerleaderin unserer Schule taucht in seinem Haus auf, nackt, mitten in der Nacht, und sein Vater hat daran überhaupt nichts auszusetzen.

Während unseres Telefongesprächs habe ich einen Beutel abgelaufener Cheetos gegessen, die ich ganz unten in meinem Wäschekorb gefunden habe. Und meine Mutter hat Weihnachtskissen zurückgegeben, um mir ein Ballkleid zu kaufen, und das war das Netteste, das sie das ganze Jahr für mich getan hat. Sie hat diese Kissen geliebt.

Wir haben kein Recht, auch nur befreundet zu sein.

»Addy, ich weiß, was du denkst.«

Das bezweifle ich sehr.

»Du glaubst, Jennifer wäre ein Problem, aber glaub mir, ich stehe überhaupt nicht auf sie. Du bist überhaupt nicht wie sie, und das ist eines der Dinge, die ich am meisten mag.«

Ich bin ein Novum für ihn, etwas Neues und Einzigartiges in seinem Leben. Ich glaube, das weiß ich schon seit einer Weile. Von den Stiefeln bis zum paillettenbesetzten Kleid bis zur Familie aus der Unterschicht. Ich bin etwas Neues, das er noch nie probiert hat.

»Du musst mir etwas versprechen, Addy.«

»Okay.« Jetzt gerade fühle ich mich, als würde ich schweben. Alles fühlt sich so surreal an.

»Versprich mir, wenn ich dich morgen anrufe, und am nächsten Tag, und am Tag danach – dass du rangehst. Du gibst uns nicht auf.«

»Ich verspreche es«, sage ich.

Das ist mein voller Ernst. So sehr sich das Ganze auch wie ein Märchen anfühlt und so sehr ich mich sorge, dass mir morgen nur noch ein Glasschuh bleibt – ich *sehne* mich danach, dass es real ist.

Aber ich bin nicht überrascht, als er mich am folgenden Tag nicht anruft. Oder am Tag danach. Oder an irgendeinem der kommenden Tage. Es überrascht mich überhaupt nicht, denn im wahren Leben bekommt Cinderella den Prinzen nicht. Sie macht mit ihrem traurigen kleinen Leben weiter, wäscht Teller ab und redet mit Tieren. Der Prinz heiratet die Tochter irgendeines reichen Lords. Denn das tun Prinzen nun einmal.

10

KAPITEL ZEHN: BEN

Das letzte Mal, als mein Vater mich zu einer Besprechung zitiert hat, stand ich kurz vor meiner Abreise zum College. Ich war noch ein Junge – ich musste mich gerade knapp rasieren. An diesem Tag hatten wir einen heftigen Streit. Er sagte mir, Addy Thorley wäre eine Katastrophe. Er sagte, ihr Vater hätte ihn angesprochen, erwähnt, dass ich sie zum Abschlussball mitnehme und ihm eine Geschäftsidee vorgestellt.

»Ja und?«, habe ich damals gefragt. »Also wollte ihr Vater dein Geschäftspartner werden. Ist das ein Verbrechen?«

»Sein Businessplan war schon fast kriminell schlecht«, sagte mein Vater. »Und er konnte nicht aufhören, darüber zu reden – er hatte keine Ahnung, dass seine Idee grauenhaft war.«

»Papa, ich mag Addy. Damit meine ich, ich mag sie *wirklich.«* Ich habe die Stirn gerunzelt. »Ich bin mir nicht einmal sicher, ob sie ihrem Vater nahesteht. Also musst du ihn definitiv nicht mögen, damit sie mir sympathisch sein kann.«

»Du bist achtzehn«, sagte mein Vater. »Du kannst oben nicht von unten unterscheiden. Du solltest Jennifer mögen – ihr Vater ist brillant. Er ist ein Freund. Er würde mich niemals darum anbetteln – mich buchstäblich auf Händen und Knien *anbetteln,* meine ich – dass ich ihm Geld gebe.«

Wir hatten ein langes Streitgespräch, aber am Ende ging mein Vater als Sieger hervor.

Er hat immer gewonnen.

Weil er alle Trümpfe in der Hand hielt.

Ich hatte mir nicht die Mühe gemacht, mich um ein Stipendium zu bewerben – nicht, dass ich eines bekommen hätte – weil ich wusste, dass Vater die Studiengebühren der UCLA bezahlen würde. Ich hatte den Kontostand meines College-Fonds gesehen, warum also sollte ich mich überhaupt um ein Stipendium bemühen? Es gab viele Menschen wie Addy, die auf diese Unterstützungsgelder angewiesen waren.

Aber dadurch steckte ich in einer Sackgasse fest. Ich konnte ihm nicht die Stirn bieten, ohne meine eigene Zukunft zu zerstören. Ich warf die Flinte ins Korn mit dem Gedanken, dass ich sie zu einem späteren Zeitpunkt immer noch um eine Verabredung bitten konnte.

Nur ist dieser Zeitpunkt nie wirklich eingetreten. Die UCLA hat mir alles abverlangt, und als ich dann nach Hause zurückkehrte, war Jennifer *allgegenwärtig.* Addy war für ihre Ausbildung in einen anderen Staat gezogen, wie ich hörte. Außerdem war mir klar, dass ein Mädchen wie sie mir wohl nicht verzeihen würde, sie nicht angerufen zu haben.

Ich hatte nicht einmal den Mut, mit ihr Schluss zu machen.

Was hätte ich bei einem Anruf mit vier Jahren Verspätung gesagt? *Mein Vater hat damit gedroht, mir den Geldhahn zuzudrehen, wenn ich mit dir ausgehe? Er sagte, dein Vater wäre ein Bettler? Er kann dich nicht ausstehen und meint, du hättest es nur auf unser Geld abgesehen? Ich bin ein solcher Verlierer, dass ich ihn nicht einmal vom Gegenteil überzeugen konnte?*

Als mein Vater mich diesmal zu sich zitiert, bin ich kein Junge mehr. Ich bin fast dreißig Jahre alt. Mir ist bewusst, dass er ein Tyrann der übelsten Sorte ist.

Und ich habe es satt, mich herumschubsen zu lassen.

Als mit klar wird, dass mein Vater eine Aufsichtsratssitzung einberufen hat, hofft ein Teil von mir, dass Onkel Chris es sich anders überlegt hat.

»Ich nehme an, ihr beiden wisst, warum ihr heute hier seid.« Sein Blick huscht zwischen Onkel Chris und mir hin und her. »Ich werde es aussprechen – nur um sicherzugehen, dass es keine Missverständnisse gibt. Vivian reicht die Scheidung ein, und laut meines Anwalts sollte ich davon ausgehen, dass sie es auf Miteigentum an allen Unternehmen abgesehen hat.« Er lässt einen Stapel Papiere auf den Konferenztisch fallen. »Ich möchte sichergehen, dass wir alle auf demselben Stand sind, falls wir abgesetzt oder aufgefordert werden, gerichtliche Fragen zu beantworten. Ich kann nicht zulassen, dass sie mir meine Unternehmen nimmt. Nicht einen winzigen Splitter davon. Mit Ausnahme von einem habe ich alle vor unserer Hochzeit gegründet und sie persönlich wachsen lassen und vergrößert. Wie ihr beide sicher bezeugen könnt, nehme ich an?«

Einen Tag, nachdem er die Firma mit seinem illegalen

und unethischen Vorgehen beinahe zerstört hat, ruft er Onkel Chris und mich zu sich ins Büro und bittet uns, für ihn zu *lügen?* Das schlägt dem Fass den Boden raus. »Mutter hat unzählige Stunden dort gearbeitet. Vielleicht gleich viele wie du.«

Der Kiefer meines Vaters verkrampft sich. »Als Sekretärin, Rezeptionistin und Büroangestellte.«

»Sie sagte, als ihr euch kennengelernt habt, und sogar bei meiner Geburt, hattest du nur einen Standort und eine Reparaturwerkstatt, die an der State Street.«

»Du solltest eigentlich wissen, dass man ihr nicht glauben kann«, sagt Vater.

»Kann man dir glauben?« Ich starre ihn an und unterdrücke den Drang, den Blick zu senken. »Ich sollte wirklich hierbleiben und zuhören, wie du deinen ganzen Plan vor mir ausbreitest. Ich sollte nachhaken und beharren und dir einen Anstoß geben. Aber das kann ich nicht – wie sich herausstellt, kann ich nichts tun, das du tun würdest.«

»Was willst du damit sagen?« Vater beugt sich mit blitzenden Augen zu mir.

»Du bist ein Lügner. Du bist ein Betrüger. Und du bist nicht jemand, mit dem ich irgendetwas zu tun haben möchte.«

»Auch, wenn das Gericht wahnsinnig wird und deiner Mutter eine Teilhaberschaft an dieser Firma gewährt – bis zur Hälfte von dem, was ich besitze – bin ich immer noch der CEO«, sagt Vater. »Es wäre ratsam, dich daran zu erinnern.«

»Das stimmt nicht«, sage ich. »Ich besitze siebzehn Prozent. Ich habe heute Morgen mit dem Anwalt gesprochen. Und das bedeutet, dass du knapp mehr als vierzig

Prozent besitzt. Wenn Mama also die Hälfte davon bekommt ...«

»Dir fehlen ein paar wichtige Informationen«, sagt Onkel Chris. »Ich habe heute Morgen eigene Papiere mitgebracht.« Er schiebt einen Umschlag zu mir.

Ich reiße das Dokument heraus und überfliege es. »Ich weiß nicht, was das ist.«

»Dein Onkel Chris ist loyal«, sagt mein Vater. »Seine ursprüngliche Investition habe ich ihm schon vor langer Zeit zurückerstattet. Und jetzt, in meiner Stunde der Not, hat er seinen Firmenanteil an mich überschrieben, und zwar treuhänderisch, also handelt es sich zweifellos um separates Eigentum – ein Geschenk der Familie. Also ist es egal, was das Gericht tut, wenn deine Mutter ihre rührselige Geschichte erzählt. Ich werde immer noch eine Mehrheitsbeteiligung an meiner Firma haben.«

»Aber wenn ...«

»Es ist Schachmatt, Sohn«, sagt Vater. »Wenn du also mit deinem kleinen Trotzanfall fertig bist, sollten wir damit anfangen, die nächsten Schritte zu besprechen.«

»Trotzanfall?« Ich schnaube. »Hast du das vor zehn Jahren auch so genannt, als du mir befohlen hast, Addy Thorley in die Wüste zu schicken?«

Vater blinzelt. »Wovon redest du?«

»Ich habe Addy zum Abschlussball eingeladen«, sage ich, »und am Tag darauf hast du mir gesagt, dass ich sie nie mehr sprechen darf. Ich habe immer und immer wieder angerufen, aber sie war nie zu Hause. Als ich dich dazu befragt habe, meintest du nur, ich solle die Sache ruhen lassen. Du hast gesagt, ihr Vater wäre ein Jammerlappen und dass ich ohne sie besser dran bin.«

»Ah, stimmt. Eine der vielen Gelegenheiten, bei denen

ich meinen bedauernswerten Sohn vor sich selbst retten musste.«

Ich schiebe den Stuhl ruckartig zurück, als ich aufstehe. »Ich habe deine Hilfe damals nicht gewollt, und jetzt will ich sie garantiert auch nicht.«

»Ich wollte deine Gefühle schonen. Ich habe dir nicht einmal die ganze Geschichte erzählt.«

»Wie bitte?«

»Der Vater des Mädchens hat mich angebettelt, in seine Firma zu investieren.«

»Das hast du mir schon erzählt.«

»Als ich mich geweigert habe, mehrmals, ist er auf die Knie gesunken und hat darüber gejammert, dass er sein Haus verlieren wird.« Vaters Lippe kräuselt sich. »Er war besorgt, dass seine zweite Frau ihn verlassen könnte – nicht die Mutter seiner Tochter, eine andere. Er hat seine Verbindung zu dem Mädchen, das du zum Ball mitgenommen hast, im Versuch ausgenutzt, seine andere Familie zu retten. Was für ein Mensch tut so etwas?«

»Vater ...«

»Hör mir mal einen Moment zu. Das ist das Mädchen, bei dem du dich darüber aufregst, dass ich sie aus deinem Leben entfernt habe. Ein Mädchen, dessen Vater ins Büro eines anderen Mannes kriecht und wie ein Kind heult, um seine Verbindung zu dem Kind, das er bereits verlassen hat, für einen Rettungsversuch seiner anderen Familie einzutauschen. Er hat all seine persönlichen Angelegenheiten einem Fremden offengelegt.« Er schüttelt angewidert den Kopf.

»Das war vor Jahren ...«

»Das Traurigste daran ist, dass ich keine Kontrolle über meinen eigenen Sohn hatte. Ich wusste, du würdest mich ignorieren, wenn ich dir sage, du sollst sie nicht anrufen oder kontaktieren. Also habe ich ihn bezahlt, damit er sicherstellt, dass du und dieses Mädchen zukünftig nicht mehr in Kontakt seid.«

Mein ganzer Körper versteift sich. »Du hast was getan?«

»Rate mal, was es mich gekostet hat, dir deine glänzende Zukunft zu sichern? Er hat ein Vermögen verlangt, denn er musste auch seine Ex-Frau bezahlen, damit sie mitmacht.« Sein Lächeln ist so überheblich und herablassend, dass es mich krank macht.

»Du hast Addy Thorleys Vater bezahlt, um sicherzustellen, dass sie bei keinem meiner Anrufe ans Telefon kommen kann?«

»Nicht nur das, ich habe ihre Mutter mit ins Boot geholt. Das war ein Geniestreich, oder?« Jetzt prahlt mein Vater nur noch. »Ich meine nur, ich habe dir gesagt, dass deine ganze Zukunft auf dem Spiel steht. Ich habe dir gesagt, dass ich nicht für dein College bezahlen werde und habe dich gut genug gekannt, um zu wissen, dass du sie trotzdem anrufst. Ein solcher Jammerlappen warst du – so viel war von deiner Mutter in dir.« Er schnaubt. »Du erkennst nicht, warum es so wichtig ist, dass du das richtige Mädchen heiratest. Das ist grundlegende Biologie. Dass du mein Sohn bist, spielt keine Rolle. Hast du die Hälfte deines genetischen Materials von jemand anderem, einer schwachen, dummen Person, wirkt sich das auf dich aus. Deine Mutter hat dich ruiniert. Ich konnte wirklich nicht zusehen, wie die DNA dieser armseligen Idiotin den Familienzweig noch mehr verdirbt.«

»Du denkst, durch sein Betteln und Weinen ist er irgendwie weniger wert als du?«

»Es macht ihn zu einem Verlierer«, sagt mein Vater. »Für fünftausend habe ich euch beide für immer voneinander getrennt. Und jetzt sag mir mal, das wäre kein Schnäppchen gewesen.«

»Du bist sogar noch schlimmer, als mir bewusst war.«

»Alles Gute in deinem Leben hat seinen Ursprung in mir«, sagt er. »Dein gutes Aussehen, deine Ausbildung, deine Fähigkeiten und sogar deine geschäftlichen Erfolge. Alles Geschenke von mir.«

Ich realisiere, dass er recht hat. Mein ganzes Leben lang haben Vaters Launen mir den Takt vorgegeben. Sogar jetzt noch – egal, was ich tue, spiele ich immer noch sein Spiel und er hält immer noch alle Trümpfe in der Hand.

Aus diesem Grund werde ich immer verlieren.

Meine Mutter lässt sich von ihm scheiden, aber mein Vater und ich sind nicht verheiratet. Ich habe nicht die Möglichkeit, vor Gericht zu ziehen und mir eine offizielle Trennung zu erstreiten. Ich kann der Welt nicht erzählen, ich wäre nicht sein Sohn oder darauf bestehen, dass ich nicht von seinem Blut bin. Aber es gibt eine Sache, die ich tun kann und die dieselbe Botschaft übermittelt.

Es ist höchste Zeit dafür.

»Vater«, sage ich. »Hör mir genau zu. Ich möchte mich nicht unklar ausdrücken. Ich will sichergehen, dass du ganz genau weißt, was ich bei jedem dieser Punkte empfinde.« Ich lege eine dramatische Pause ein. »Du bist ein furchtbarer Vater. Und ein noch schlechterer Ehepartner. Und dieser Mann, den du einen Jammerlappen nennst? Er ist das perfekte Beispiel dafür, wie grauenhaft du wirklich bist. Er hatte den Willen, das Büro eines völlig Fremden zu betreten und auf seinen Händen und Knien zu kriechen, um dich um Geld anzubetteln. Egal, wie schlecht du ihn behandelt hast und wie schwer es ihm gefallen ist, weil er für seine Familie buchstäblich alles tun würde – auch wenn es seine zweite war. Vielleicht hat der Verlust der Ersten ihn den Wert dessen gelehrt, was er verloren hat. Wer weiß?«

Mein Vater versucht, mir ins Wort zu fallen, wie immer, aber ich lasse es nicht zu. Diesmal nicht.

»Er ist vielleicht kein Geschäftsexperte wie du, und vielleicht ist er wirklich ein Jammerlappen. Aber dann wäre er immer noch ein zehnmal besserer Mensch als du.« Ich beuge mich nach vorn, bis unsere Gesichter nur noch etwa dreißig Zentimeter voneinander entfernt sind. »Wegen deiner wiederholten Unzulänglichkeiten als Vater, wegen deines Missbrauchs von mir und meiner Mutter und deinen selbstsüchtigen und fehlgeleiteten Eingriffen an buchstäblich jedem Punkt meines Lebens verlasse ich diese Firma, dieses Büro und dieses Leben. Um es mit einem einfachen Satz auszudrücken, den du sicher verstehen wirst: Ich lasse alles hinter mir, was irgendwie mit dir zu tun hat.«

11

KAPITEL ELF: BEN

Ich bin arbeitslos.

Ich habe meinen Vater vor den Kopf gestoßen.

Ich habe keinerlei Pläne für die Zukunft.

Das jetzt mag nicht meine Sternstunde sein, aber es *fühlt* sich so an. Was vermutlich erklärt, warum ich Addy anrufe.

»Hallo?«

Ihre Stimme ist wie Sonnenlicht in der dunkelsten Nacht.

Wie Manna in der Wildnis.

Oder Wasser inmitten einer Dürre.

»Ich bin's«, sage ich. »Ben.«

»Ich habe gewusst, dass du es bist.« Ihre Stimme klingt heiter. »Ich habe diese Wunderwaffe auf meinem Telefon – ich glaube, man nennt es *Rufnummernanzeige.«* Sie räuspert sich. »Ich habe die Repräsentationsvereinbarung, komplett ausgefüllt und einsatzbereit. Soll ich sie dir in einer E-Mail schicken? Oder wäre es besser, wenn ich sie persönlich vorbeibringe?«

Als wäre mein Gehirn aus einer Art Winterschlaf aufgewacht, erinnere ich mich plötzlich an etwas, das sie gesagt hat. Sie braucht die Newberg-Autoreparatur als Kunden – deshalb hat sie mich ausfindig gemacht. Sie muss ihrer Firma neue Klienten verschaffen, ansonsten fällt ihre verdiente Beförderung ins Wasser.

Und gerade eben habe ich sichergestellt, dass sie auf gar keinen Fall Geschäftsbeziehungen mit meinem Vater aufnehmen wird.

Nun ist es absolut ausgeschlossen, dass mein Vater sich nicht an den Namen Addy Thorley erinnert. Warum habe ich ihren Vertrag nicht gestern schon unterzeichnet? Ich bin mir sicher, mein Vater hätte sich so oder so über irgendeinen Schleichweg aus der Sache herausgewunden, also hätte es möglicherweise keine Rolle gespielt.

Sie hat diese ganze Vorarbeit geleistet, und nun habe ich mit meiner viel zu späten Einsicht alles ruiniert.

»Äh, ja. Was das betrifft ...«

»Was ist los?« Ihre Stimme hat ihren heiteren Klang verloren.

»Ich hatte gerade eben eine Besprechung mit meinem Vater, und er ... ist es möglich, dass wir uns treffen? Vielleicht zum Frühstück oder so?«

»Wenn es schlechte Neuigkeiten sind, würde ich sie lieber jetzt hören«, sagt sie. »Ich bin nicht der Typ Mensch, dem man alles möglichst schmerzlos beibringen muss. Wie du es letztes Mal gemacht hast, war eigentlich perfekt – einfach gar nicht anrufen.«

Oh Mann. »Tatsächlich habe ich auch einige neue Informationen, was das angeht. Beim Treffen mit meinem

Vater hat er mir erzählt, dass er deinen *bezahlt* hat, um sicherzustellen, dass deine Mutter dich nicht mit mir telefonieren lässt. Ich habe mehrmals versucht anzurufen ...«

»Er hat *was* getan?«

»Hatte ich erwähnt, dass mein Vater ein furchtbarer Mensch ist?« Ich atme aus. »Schau mal, um ehrlich zu sein gab es zwischen mir und ihm einen heftigen Streit. Es hat mich extrem aufgewühlt, wie er meine Mutter behandelt und dich vor zehn Jahren fast schon gewaltsam aus meinem Leben geworfen hat.«

»Und du hast deinen Job aufgegeben.«

Wie kommt es, dass sie davon weiß? »Äh, ja. Habe ich.«

»Es war das Richtige.« Aber in meiner Erinnerung hat sie sich nie deprimierter angehört.

»Das glaube ich auch«, sage ich. »Aber ...«

»Du musst dich momentan mit vielem herumschlagen«, sagt sie. »Zerbrich dir nicht den Kopf wegen mir oder dem Vertrag. Es ist keine große Sache, wirklich. Überlege dir deine nächsten Schritte, und falls neue größere Probleme auftauchen oder du jemanden kennst, der in Schwierigkeiten steckt, kontaktiere mich. Ich lebe nicht mehr zu Hause und verspreche, dass ich deine Anrufe immer entgegennehme.«

Sie hat gerade einen Witz gemacht. Das könnte ermutigend sein.

Und dann höre ich das Freizeichen.

Das mit dem Auflegen ist *nicht* ganz so ermutigend. Ich möchte gerade zurückrufen und darauf bestehen, dass wir uns sehen, als mein Telefon klingelt. Ich hoffe, dass es Addy ist – aber nein. Es ist meine Mutter. »Hallo?«

»Du hast deinen Job gekündigt?«

»Mama, hallo. Ich finde es auch schön, von dir zu hören.«

»Wenn du gehst, gewinnt er. Siehst du das denn nicht?«

»Da bin ich anderer Meinung«, sage ich. »Ich glaube, er gewinnt so lange, wie ich weiter zu seinem Takt marschiere.«

»Prinzipien sind schön und gut, bezahlen aber keine Rechnungen«, sagt Mama. »Wie sehen deine Pläne aus, da du ja nun arbeitslos bist?«

»Ich gründe meine eigene Autoreparaturwerkstatt.« Die Idee ist mir buchstäblich gerade jetzt gekommen. Mag sein, dass sie von meinem Wunsch, es meinem Vater heimzuzahlen, an die Oberfläche meines Bewusstseins getrieben wurde. Aber sie fühlt sich nicht schlecht an. Ich habe alle notwendigen Kontakte. Ich weiß, wie das Geschäft funktioniert. Ich weiß sogar, in welche Bereiche mein Vater als Nächstes zu expandieren plante. »Ich schlage ihn bei seinem eigenen Spiel.«

»Du wirst verlieren.« Mutters Stimme klingt halb wütend, halb resigniert.

»Danke für das Vertrauensvotum.«

»Erinnerst du dich daran, was passiert, wenn du mit deinem Vater Monopoly spielst?«

»Er gewinnt immer.«

»Er betrügt, Ben. Einen Betrüger kannst du nicht schlagen, und im Geschäft macht er dasselbe. Du kannst nicht versuchen, ihn bei seinem eigenen Spiel zu schlagen. Er wird keine Nachsicht zeigen. In seiner Gedankenwelt kehrst du zu ihm zurück, nachdem er dich zerstört hat, was ohnehin das Beste für dich ist. Bis dahin tust du mit jedem Zug das Richtige, während er Stadtbeamte besticht und Gefallen von Freunden einfordert, die ihm wegen zwielichtiger Geschäfte etwas schulden.«

»So lange mit ihm verheiratet zu sein hat deine Weltsicht getrübt, glaube ich. Ich bin überzeugt, dass ehrliche Menschen im Geschäft erfolgreich sein können und ich habe vor, es zu beweisen.«

»Woher willst du das Startkapital nehmen, um diese Neugründung zu finanzieren?«, fragt Mutter.

»Ich verkaufe mein Haus«, sage ich. »Das sollte mir genug ...«

»Nein«, sagt sie. »Tu das nicht.« Sie ächzt. »Schau mal, Ben, das wird deine Meinung von mir nicht verbessern, aber ich verstecke seit Jahren immer wieder Geld. Ich habe gewusst, dass ich deinem Vater nicht vertrauen kann und wusste, dass er ... ich habe eine Viertelmillion Dollar gespart. Und wenn du mich bei dir wohnen lässt, bis die Scheidung durch ist und ich andere Vermögenswerte habe, investiere ich alles davon in deine Firma.«

»Ich dachte, du hättest gesagt, ich hätte keine Erfolgschancen. Dass Vater alles in seiner Macht Stehende tun wird, um mich zu zerstören.«

»Er wird kein so leichtes Spiel haben, wenn ich hinter dir stehe«, sagt meine Mutter. »Und genau wie du habe ich es satt, alles hinzunehmen und mein Leben von ihm diktieren zu lassen.«

»Ich möchte Addy einen Job anbieten«, sage ich.

»Als was? Sie macht Öffentlichkeitsarbeit.«

»Sie ist brillant«, sage ich. »Und ich mache mir Sorgen, dass sie wegen mir einen neuen Job brauchen wird.«

»Das wird sie nicht annehmen«, sagt Mutter.

»Trotzdem werde ich es ihr anbieten.«

»Nur zu. Ich rufe einige der Büroangestellten an, die

ich gerne mag und schaue mal, ob wir sie nicht ebenfalls auf unsere Seite locken können.«

»Fantastisch. Treffen wir uns in einer Stunde bei mir?«

»Und falls dieses kleine Mädchen den Job annimmt, sag ihr, sie soll eine Presseerklärung zusammenstellen.«

»Nichts Hässliches«, sage ich. »Ich gründe dieses Unternehmen nicht mit einer Schmutzkampagne gegen meinen Vater.«

»So macht das keinen Spaß«, sagt Mutter. »Aber vermutlich hast du recht.«

Ich hoffe darauf. Ich habe große Angst, dass ihr Bauchgefühl recht behält und diese ganze Angelegenheit zum Scheitern verurteilt ist. Aber ich lasse nicht zu, dass mir die Furcht im Wege steht, nicht mehr. Nie mehr.

12

KAPITEL ZWÖLF: ADDY

Ich höre mir *»Another One Bites the Dust«* an, als Harriet bei meiner Arbeitsnische Halt macht. Die Königin findet immer genau die richtigen Worte, wenn ich frustriert bin.

»Ich dachte, du hast noch eine Besprechung?« Sie setzt sich auf den Rand meines Schreibtischs, wie immer.

Ich ziehe die Kopfhörer heraus und seufze. »Ist abgesagt.«

»Verschoben? Oder hast du den Kunden verloren?«

»Bei dir klingt das so, als hätte ich etwas Falsches getan«, sage ich. »Die Affäre des Vaters war ziemlich furchtbar, die Frau lässt sich von ihm scheiden und der Sohn hat seinen Job aufgegeben – er war meine Verbindung. Es ist ja nicht so, als würde sein Vater uns ...«

»Hast du ihn angerufen? Hast du ihm wenigstens deine Ideen präsentiert?«

Ich schüttle den Kopf. »Er ist absolut ekelhaft. Glaub mir, mit dem wollen wir nicht arbeiten.«

Harriet beugt sich näher zu mir. »Platzen seine Schecks? Denn das sind die einzigen Kunden, die wir nicht mögen – die, die nicht bezahlen. Und wenn sie eine Vielzahl von Problemen verursachen und wir zusätzliche Arbeitsstunden aufwenden müssen, um uns darum zu kümmern, umso besser. Erzähl mir nicht, er wäre ekelhaft. Sag mir, wie du dieses Ekelpaket überzeugt hast, den vorbereiteten Vertrag mit den fantastischen Ideen zu unterzeichnen, die du bereits ausformuliert hattest, um ihm beim Beseitigen dieser Schweinerei zu helfen.«

»Harriet, ich habe mich mit dem Onkel und der Mutter getroffen. Es ist ausgeschlossen, dass nach all dem ...«

»Ruf sie an, jetzt gleich.«

»Ganz meiner Meinung.« Anscheinend hat sich Mr. Princeton höchstpersönlich hinter uns aufgestellt.

Ich zucke zusammen.

»Alles, was Harriet gerade gesagt hat, ist korrekt. Außerdem sollte sie Ihnen das nicht erklären müssen. Sie verstehen sicherlich, wie unsere Firma funktioniert und wie wir rentabel bleiben?«

Ich schlucke.

»Warum machen Sie den Anruf nicht jetzt gleich, und wir hören uns an, wie Sie die Sache handhaben. Falls notwendig greife ich ein. Ich habe mir die Newberg-Fahrzeugkette angesehen, und sie ist riesig. Zudem ist der Schaden groß, was bedeutet, dass wir mit diesem Kunden ein festes Einkommen über einen längeren Zeitraum erwirtschaften könnten.«

»Ich werde nicht mit dem Vater arbeiten, nicht, wenn der Sohn gegangen ist. Es ist eine schlimme Situation. Er hat seine Angestellte gezwungen ...«

»Sagte ich nicht gerade, dass ich den Fall gründlich studiert habe?« Mr. Princeton runzelt die Stirn. »Mir war nicht bewusst, dass wir unseren Kundenberatern erlauben, sich auszusuchen, welche Klienten unserer Zeit und Aufmerksamkeit würdig sind.«

Meine Hände schließen sich um den glatten Stoff meines Hosenanzugs und drücken zu.

»Gib mir das Telefon«, sagt Harriet. »Ich rufe ihn an.«

»Nein, ich will, dass sie es tut«, sagt Mr. Princeton.

Jetzt male ich es mir in Gedanken aus. Wie ich den Mann anrufe, der meinen Vater bezahlt hat, dass er mich davon abhält, mit seinem Sohn zu sprechen. Ich denke darüber nach, den Mann anzurufen, der seine Frau *zwanzig Mal* betrogen hat. Und sollte Mr. Newberg mich tatsächlich anheuern, müsste ich mit ihm zusammenarbeiten. Besprechungen mit ihm abhalten. Beim Gedanken an diese Tatsache läuft mir ein Schauder über den Rücken.

Mr. Princeton verschränkt die Arme, und da ich immer noch auf meinem winzigen Plastik-Schreibtischstuhl sitze, überragt er mich bedrohlich. »Lassen Sie es mich etwas klarer ausdrücken. Sie sind unsere bevorzugte Kandidatin für die Beförderung. Aber ich kann nicht guten Gewissens eine Angestellte befördern, die das Wohl des Unternehmens nicht über alle anderen Überlegungen stellt, persönliche Gefühle eingeschlossen. Habe ich mich deutlich ausgedrückt?«

Ich nicke.

Er blickt nach unten auf mein Telefon und hebt ein wenig die Nase, als wäre ich ein Kind, das er vor sich her schubst.

»Ich kann nicht mit ihm arbeiten«, sage ich. »Der Grund, warum ich diesen Kunden hätte gewinnen können, war eine frühere Beziehung mit dem Sohn, und der Vater ...«

»Wie viele unserer Kunden sind Leute, die ich persönlich mag?«, fragt Mr. Princeton.

Etliche andere Personen haben sich um uns versammelt. Anfangs noch zögerlich, aber jetzt, da er mit einer so dröhnenden Stimme spricht, kommen sie schnell näher.

Niemand sagt ein Wort.

»Ich mag keinen einzigen von ihnen.« Er lacht. »Der Grund, warum man das Arbeit nennt, ist, dass ich dafür bezahlt werde. Und jetzt rufen Sie ihn an. Zeigen Sie mir, dass sie es *verstehen.*«

Das ist einer dieser Momente im Leben, die sich nur hin und wieder ergeben. Ein Scheideweg des Lebens, wo die hier getroffene Entscheidung mich auf einen von zwei Pfaden führt.

Der erste Pfad ist der, den ich letzte Woche für mich selbst gewählt hätte – die Straße zu meiner Beförderung. Ich bin mir sicher, wenn ich seinem Ego schmeichle und seinen Sohn als Narren und seine Frau als Schwachkopf bezeichne, würde Mr. Newberg unsere Firma anstellen. Und da er weiß, was ich über ihn weiß, kann ich mir vorstellen, dass er dabei sogar eine Art perverses Vergnügen empfinden würde. Darüber, dass die Frau, die er mit Gewalt von seinem Sohn ferngehalten hat, ihm beim Bereinigen des Problems hilft, das ihn vom Sohn getrennt hat.

Oder ich schlage einen anderen Pfad ein. Ich kann mich weigern, Benjamin anzurufen und mit ihm zu arbeiten, und werde bei der Beförderung übergangen. Ich könnte sogar meinen Job verlieren.

Welcher Pfad ist der Richtige?

Als ich das letzte Mal an einem Scheideweg stand, war ich mir dessen nicht einmal bewusst. Ich stand neben Mary im Korridor meiner High School. Es war der letzte Tag vor dem Sommeranfang und fünf Tage waren vergangen, seit Ben mir sagte, dass er anrufen würde.

Er hatte nie angerufen.

Ich sah, wie er den Gang entlangging und sich mit Mike unterhielt. Beide sahen glücklich aus – sogar frei. Sie standen kurz davor, gemeinsam ihre Reise zum College anzutreten, zur UCLA.

Ich bin Ben in der Schule nie begegnet. Das Gebäude war groß und wir hatten in unseren Stundenplänen keine Überschneidungen bei Kursen oder Aufenthaltsorten. Aber an diesem Tag habe ich ihn gesehen. Beinahe hätte ich seinen Namen gerufen. Beinahe gefragt, warum er nicht angerufen hatte.

An diesem Tag hielt mich die Furcht davon ab, etwas zu sagen.

Ich frage mich, was geschehen wäre, wenn ich seinen Namen gerufen hätte. Ihn gefragt hätte, warum er nicht angerufen hat. Es ist erst wenige Augenblicke her, dass er mir sagte, mein Vater hätte mich angelogen. Mein Vater wäre dafür bezahlt worden, Bens Anrufe vor mir zu verbergen. Falls das wahr ist, bedeutet es, dass meine Mutter ebenfalls mitschuldig war. Von meinem Vater hatte ich schon seit Jahren nichts mehr gesehen oder gehört. Mama muss Ben erwähnt und dann Geld von meinem Vater angenommen haben, um ihn von mir fernzuhalten. Ich wünschte, ich könnte all das als unglaubwürdig abtun. Ich wünschte, ich könnte annehmen, dass Ben lügt und keiner meiner Eltern so etwas tun würde.

Aber wir haben damals eine harte Zeit durchgemacht.

Und diesmal weiß ich genau, wo ich stehe und was diese Entscheidung bedeutet. Ich habe ein wenig mehr Empathie für meine Eltern, als ich damals aufgebracht hätte. Ich habe gesehen, wie schwierig es ist, Geld zu verdienen. Ich weiß, wie viel man dafür arbeiten muss und wie schnell die Dinge in die Binsen gehen können.

Allerdings ist mir auch bewusst, was wirklich wichtig ist.

»Ich werde ihn nicht anrufen«, sage ich. »Und wenn Sie ein Vorgesetzter mit Integrität sind, jemand, der sich um mehr als nur Dollars und Cents schert – jemand, dem die eigenen Angestellten und ihre Arbeitsumgebung wichtig sind – dann bitten Sie mich nicht mehr darum.«

Etwa eine halbe Stunde später habe ich alle meine Dinge in einer Schachtel gesammelt und gehe nach draußen zu meinem Auto. Elana hat nicht einmal versucht, mit mir zu reden, nachdem ich gefeuert wurde. Anscheinend habe ich meine Integrität gerade rechtzeitig entdeckt, um alles andere zu verlieren. Als mein Telefon klingelt, hätte ich es beinahe ignoriert. Der Zeitpunkt ist offensichtlich schlecht, und ich heule so sehr, dass ich bezweifle, mit irgendjemandem ein Gespräch führen zu können.

Aber was, wenn es Elana ist? Was, wenn Harriet mir eine zweite Chance verschafft hat? Würde ich Mr. Newberg jetzt anrufen im Wissen, dass meine moralische Überlegenheit mich den Job gekostet hat? Ich verfalle in Panik beim Gedanken, wie ich nun meine Miete bezahlen soll. Ich setze die Schachtel widerwillig am Boden ab und grabe in meiner Handtasche nach dem Telefon.

Ich schaffe es gerade noch, rechtzeitig die Sprechen-Taste zu drücken. »Hallo?«

»Addy?«

Warum ruft Ben mich an?

»Bist du da?«

Ich räuspere mich. »Bin ich, ja.«

»Das kommt jetzt vermutlich etwas unerwartet, aber ich habe beschlossen, meine eigene Firma zu gründen und ich weiß, du hast einen großartigen Job, den du ganz fantastisch machst und vermutlich nicht aufgeben willst, aber ich brauche jetzt gerade alle guten Leute, die ich bekommen kann, also muss ich es wenigstens versuchen.«

Das ist der längste, ausuferndste Satz, den ich je von jemandem gehört habe, und ich liebe jeden Teil davon.

»Addy?«

»Ich bin hier.«

»Okay, also, hier ist meine Verkaufspräsentation. Ich verspreche, ein toller Chef zu sein. Ich verspreche, dass du, wenn du einem Start-up eine Chance geben möchtest, einen Anteil an der Firma bekommst und eine Menge Spielraum bei Entscheidungen, was wir tun und wie. Du müsstest eine Menge Dinge anpacken, die du in deinem aktuellen Job vermutlich nicht machen müsstest, etwa administrative und Management-Aufgaben, bis ich eine weitere Person anheuern kann. Andererseits könntest du deine Funktionsbeschreibung selbst schreiben. Du wärst nur mir und meiner Mutter unterstellt, die bei der Finanzierung des Ganzen mithilft.«

»Ben …«

»Bevor du mir eine Absage erteilst – ich kann dir denselben Lohn bezahlen, hoffe ich. Und obwohl die Arbeitgeberleistungen anfangs noch nicht überdurchschnittlich gut sein werden, kann ich dich bei deiner aktuellen Firma für COBRA entschädigen. In der Zukunft möchte ich exzellente Leistungen offerieren.«

»Ben ...«

»Eine Sache noch. Vielleicht hat sich das geändert, aber als wir noch Kinder waren, wolltest du unbedingt anderen Menschen helfen und wie ich gehört habe, hatte dein Vater Unternehmergeist. Wenn also etwas davon immer noch wahr ist, wenn auch vielleicht unter der Oberfläche vergraben, denk einen Moment darüber nach, bevor du nein sagst.«

»Ben.«

»Ja. Ich höre zu.«

»Ich nehme an.« Ich weine immer noch, diesmal aber Tränen des Glücks.

»Moment mal. Du nimmst das Angebot an?«

Ich lache. »Vor einer halben Stunde hat mein Boss mir gesagt, ich müsse deinen Vater anrufen und davon überzeugen, dass er unsere Firma anheuert.«

»Das würde er vermutlich«, sagt Ben. »Ich meine nur, du musst ihn nur dazu bringen, dass er sich auf deinen Plan konzentriert statt auf deine Beziehung zu mir. Oder vielleicht würde er es sogar amüsant finden. Alles, von dem er weiß, dass es mich aufregt ...«

»Ich habe ihn eiskalt abblitzen lassen.«

»Oh.«

»Und mein Boss hat mich deswegen gefeuert.«

»Das ist furchtbar. Ich frage mich, ob man für so etwas eine Klage einreichen kann.«

»Wenn ich einen neuen Job habe, muss ich das nicht. Ein Job, auf den ich mich sowieso mehr freue.« Als ich die Worte ausspreche, wird mir klar, dass sie wahr sind. Das liegt nicht nur daran, dass ich nur knapp über die Runden gekommen bin. Mein Job war eine elende Angelegenheit ... weil er beschissen war.

»Das ist vielleicht der erste wirklich großartige Gefallen, den mein Vater mir je getan hat.« Ich höre sein Grinsen praktisch durch das Telefon.

»Ich hoffe, in zwei Wochen siehst du das immer noch so. Dann wird dir klar werden, dass ich ein PR-Mensch bin. Ich weiß absolut gar nichts über Autoreparaturen und noch weniger über Start-up-Unternehmen.«

»Mehr als alles andere braucht ein Start-up intelligente Leute, die wissen, wie man arbeitet.«

»Ich kann nicht wirklich versprechen, dass ich superintelligent bin, aber ich weiß definitiv, wie man arbeitet.« Die Vorstellung, in derselben Firma zu arbeiten wie Ben sendet einen Schauder der Erregung durch meinen ganzen Körper.

Bis ich realisiere, dass er mein Chef ist ... es wäre völlig unangemessen, uns privat zu verabreden. Oder? Auch, wenn er mich schon ausgeführt hat, bevor ich den Job überhaupt annehme. Zum ersten Mal seit dem Beginn seiner »Verkaufspräsentation« erfüllt mich diese Aussicht mit Unbehagen.

Dann aber denke ich an meine Miete und die Nebenkosten und notwendige Einkäufe. »Wäre es okay, wenn ich morgen anfange?«

Er lacht. »Wir haben noch kein Büro, aber wenn du bereit bist, von meinem Haus aus zu arbeiten, dann auf jeden Fall.«

Sein Haus? In meinem Bauch flattern Schmetterlinge herum. »Okay, sicher.«

»Meine Mutter nimmt das Gästezimmer, aber ich habe ein Büro, einen Lagerraum, den wir umfunktionieren können, und ein Esszimmer. Such dir aus, was du als Arbeitsplatz möchtest. Ich habe schon mal angefangen, eine vorläufige Aufgabenliste zu erstellen.« Er hält inne. »Es gibt viel zu tun. Bist du sicher, dass du dafür bereit bist?«

»Absolut.«

Ich mag vor zehn Jahren den falschen Pfad gewählt haben, aber jetzt fühlt es sich an, als wäre ich endlich wieder auf Kurs.

❧ 13 ❧

KAPITEL DREIZEHN: BEN

»Chinesische Wasserfolter?«, fragt Addy. »Warum machst du dich darüber schlau?«

Ich klappe abrupt den Laptop zu. Mein Herz hämmert und meine Hände zittern. Ich hoffe, nichts davon ist so offensichtlich wie ihre Art, immer wieder zu erröten.

»Ist alles okay?« Sie neigt den Kopf.

»Ausgezeichnet.« Meine hohe, quietschende Stimme entlarvt die Lüge. Ich räuspere mich und klopfe gegen meine Brust. »Ich glaube, ich könnte eine Erkältung eingefangen haben, aber davon abgesehen geht es mir gut.«

»Eine Erkältung?« Sie hebt die Augenbrauen. »Mitten im Sommer?«

Sechs Monate. Sechs Monate sind vergangen, seit Addy begonnen hat, für mich zu arbeiten. Sechs Monate beiläufiger Handberührungen, langer Blicke und des Erforschens der Grenze zwischen professionell und verspielt. Ich habe mich über die chinesische Wasserfolter informiert, weil ich mir ziemlich sicher bin, dass sie nicht so schlimm sein kann wie das, mit dem ich es momentan zu tun habe.

Das Opfer wurde fixiert und seine Augen bedeckt, und dann tropfte in unregelmäßigen Abständen Wasser auf das Gesicht oder den Körper. Normalerweise begann das Opfer zu fürchten, dass es ein Geschwür entwickeln würde und auch ohne einen eigentlichen Schmerz allmählich dem Wahnsinn verfallen.

Meldet mich mal an.

Addy jeden einzelnen Tag zu sehen, aber sie nicht ausführen zu können? Das ist schlimmer.

Mich jede einzelne Minute nach Addy zu sehnen und zu wissen, dass ich sie nicht haben kann.

Das Schlimmste daran ist die Tatsache, dass ich durch meinen *eigenen* Fehler in diesem Schlamassel stecke. Ich bin derjenige, der ihr einen Job angeboten hat.

Warum habe ich das getan?

Sie ist brillant. Noch viel klüger, als mir überhaupt klar gewesen war. Außerdem ist sie kompetent. Schnell und hilfsbereit, freundlich und liebenswürdig. Ich bin mir nicht sicher, ob wir die sechs Monate ohne sie überstanden hätten. Ich könnte die Gelegenheiten zählen, bei denen sie dieses neue Unternehmen gerettet hat, aber bei etwa einem Dutzend würde ich garantiert den Überblick verlieren.

Als ich achtzehn war, erkannte ich einige der Dinge, die sie so unglaublich machen. Das habe ich wirklich. Ich wusste, dass sie anders – besser – als jedes der anderen Mädchen ist, die ich kennengelernt hatte. Aber entweder hat sie sich zu einer noch eindrucksvolleren Person entwickelt oder ich hatte noch nicht die nötige mentale Tiefe, um zu erkennen, *wie viel* besser sie war als jedes Mädchen, das ich kannte. So oder so ist Addy alles, was ich je gewollt habe, und noch mehr.

Aber sie ist für mich schlicht unerreichbar. Weil ich ein Idiot bin.

»Ich bin hergekommen, um das Firmenkonto mit dir zu besprechen. Sie wollen wissen, ob du dir sicher bist, dass wir dieses Auftragsvolumen bewältigen können.«

»Natürlich können wir das.« Ich lehne mich in meinem Stuhl zurück. »Hast du ihnen die vorbereiteten Vorhersagen gezeigt?«

Sie deutet auf meinen Laptop. »Die habe ich dir gestern Abend zur Überprüfung zugesendet. Sobald du die Zahlen bestätigt hast, bin ich soweit.«

Stimmt. Natürlich.

»Aber anscheinend hast du dringende Nachforschungen zu erledigen?« Ihre Lippen zucken kaum merklich. Ich habe entdeckt, dass es dafür nur zwei mögliche Gründe gibt – unterdrückte Belustigung über etwas, das sie als potenziell unhöflich einstuft. Damit habe ich es momentan zu tun. Oder möglicherweise hat sie etwas aufgeschnappt, das sie ärgert.

»Wenn du damit fertig bist, dich über mich lustig zu machen, rufe ich diese Vorhersagen auf und gehe sie durch.«

»Versuche, die winzigen Details loszulassen«, sagt sie. »Die Liebe zum Detail ist gut. Sich aber wegen jeder winzigen Kleinigkeit die Haare zu raufen, die der Kunde nicht einmal bemerken wird ...«

»Das ist schon zwanghaft«, sagt meine Mutter. »Was ich ihm auch schon gesagt habe.«

Ich hasse es, wenn sie sich gegen mich zusammentun.

»Detailgenauigkeit ist einer der Gründe, warum nicht mehr Probleme aufgetaucht sind.«

»Ja, du bist fantastisch«, sagt Addy.

»Du bist der beste CEO der Welt.« Mutter strahlt mich an.

Und jetzt bin ich irgendwie noch genervter, als wenn sie mir widersprochen hätten. Ich klappe mit mürrischer Miene den Laptop auf. Wie erwartet sehen die Zahlen großartig aus. Ich bin vielleicht derjenige, der hier schikaniert wird, aber Addy ist mindestens genauso detailfreudig wie ich.

»Denkst du, die Chancen stehen gut, den Kunden zu bekommen?« Ich versuche, mich nicht zu früh zu freuen. Aber mit dem Antrittsbonus könnten wir uns auf die Eröffnung meines geplanten dritten Standortes vorbereiten, bevor mein Vater überhaupt realisiert, dass es sich um den perfekten Ort handelt.

»Das ist eine sichere Sache, glaube ich«, sagt Addy.

Die Kundenpräsentationen ihr zu überlassen war ein Geniestreich. Ihr PR-Hintergrund hat sie den mühelosen Umgang mit anderen gelehrt: Leute zu lesen, sie zu manipulieren (so schlimm das klingen mag) und von sich zu überzeugen. Und was das angeht, ist ihr Aussehen auch nicht gerade ein Hindernis. »Garett hatte nichts als Begeisterung für dich übrig.«

So geht es allen.

»Ich möchte dich daran erinnern, dass ich morgen ein Vorstellungsgespräch habe«, sagt sie. »Bei HotHead PR. Weißt du noch? Wenn es gut läuft, bin ich nicht den ganzen Nachmittag hier.«

Ein Teil von mir hofft verzweifelt darauf, dass sie den Job nicht bekommt. Ich weiß, der einzige Grund, warum sie zu mir arbeiten kam, war die Tatsache, dass ihre unerschütterliche Loyalität sie ihren alten Job gekostet hat. Aber sie ist phänomenal. Ich habe keine Ahnung, wie wir sie ersetzen werden.

Andererseits möchte ich sie seit sechs Monaten um eine Verabredung bitten. Eigentlich sind es sechs Monate und eine Woche – seit dem Tag, an dem sie einem Gänseblümchen gleich an dieser abscheulichen Pressekonferenz aufgetaucht ist und alle Reporter in die Schranken gewiesen hat. Ein paar Leute haben sie möglicherweise um ein Date gebeten – es ist ja nicht so, als wären wir eine riesige Firma mit Unmengen von Regeln. Aber keiner von ihnen hat Benjamin Newberg zum Vater, das Raubtier, das seine Untergebenen ständig ausführt.

Jedes Mal, wenn ich darüber nachgedacht habe, sie zum Abendessen einzuladen und jedes Mal, wenn ich ihre Hand nehmen wollte, sind meine Gedanken um meinen Vater gekreist. Was er tun würde. Wie er sich *nehmen* würde, was er will, egal, wie unbehaglich sie sich fühlt, wenn sie nein sagt.

Und dann habe ich in die entgegengesetzte Richtung Reißaus genommen. Zumindest im übertragenen Sinn.

Ich habe morgens auch viel tatsächliches Lauftraining absolviert, sogar noch mehr als damals in der High School. So viel Laufen. Ich war noch nie besser in Form. Anscheinend wirkt sich angestaute Energie positiv auf den Drang nach körperlicher Ertüchtigung aus.

»Ich dachte, du hättest gesagt, du könntest den Gedanken nicht ertragen, uns zu verlassen«, sagt Mutter.

»Ich liebe meine Arbeit hier wirklich«, sagt Addy. »Aber ich bin eine Spezialistin für Öffentlichkeitsarbeit. Ihr findet sicher eine andere Person, die mit den Abläufen im Büro und der Kundenakquisition einen besseren Job macht. Ich habe mich durchgemogelt und weiß eure Geduld zu schätzen, aber vertraut mir ... es ist für alle besser, wenn ich in ein paar Wochen nicht mehr hier arbeite.«

Will sie vielleicht gehen, damit ich mich mit ihr verabreden kann oder kann sie es kaum erwarten, von mir loszukommen? Habe ich meine Gefühle nicht ganz so gut verborgen, wie ich dachte?

»Komm schon, Ben, sag etwas. Halte sie hier. Biete ihr mehr Geld an.«

»Ich werde sie vermissen«, sage ich. »Ich werde sie *extrem* vermissen, aber ich glaube, sie hat recht. Eine PR-Stelle, vor allem als Kundenberaterin, wäre für sie eine deutlich bessere Position. Klingt so, als hätten die Leute bei HotHead verstanden, wie wertvoll sie ist.«

Mutter wirft die Hände in die Luft.

Das Telefon klingelt, und Mama und Addy stürzen sich gleichzeitig darauf.

»Es ist für dich«, sagt Addy und reicht den Hörer an meine Mutter weiter.

Wir sind nun in einem Büro, wenn auch einem kleinen, und haben noch keine getrennten Arbeitsplätze. Wir teilen uns einen großen Arbeitsbereich und nutzen die separaten Bereiche als Pausenraum und Konferenzraum. Führt jemand ein Telefongespräch, versuchen wir, leise zu sein – zumindest, bis wir wissen, wer der Anrufer ist. Der Anruf dauert nicht sehr lange.

Mutter legt auf, steht auf und springt hoch, wobei sie die Faust als Siegergeste in die Luft streckt. »Jetzt ist es *endgültig!*«

»Wow, ist es das?« Addy strahlt.

Verdammt, ich strahle auch.

»Der Anwalt schickt mir die unterzeichnete Verfügung, und wisst ihr was?« Die Augen meiner Mutter strahlen.

»Was denn?«

»Der Berufungsantrag wurde abgelehnt.« Mutters Lächeln ist so breit, dass es ihr Gesicht beinahe in zwei Hälften spaltet. »Der Entscheid ist endgültig und wurde nicht gekippt.«

Was bedeutet ... dass wir jetzt Vaters Firma besitzen. Ich kann die Tragweite dessen, was gerade passiert ist, kaum erfassen. Als das Gericht meiner Mutter die alleinige Eigentümerschaft an Newberg Auto zugesprochen hat, waren wir alle sprachlos. Klar, in Georgia unterliegt die Aufteilung von Eigentum dem Ermessen des Richters. Mein Vater hat mehrere weitere Unternehmen, von denen alle recht profitabel sind. Meine Eltern besitzen außerdem einige Häuser, darunter ein Strandhaus in Miami, eine Hütte in Colorado und eine mexikanische Villa.

Aber der Richter hat entschieden, die Eigentümerschaft aller kleineren Unternehmen aufzuteilen und das größte meiner Mutter zuzusprechen. Er hat ihr auch das Strandhaus gegeben, meinem Vater aber gesagt, die Villa und die Hütte wären eine angemessene Kompensation dafür, dass Mutter den gesamten Ehepartneranteil von Newberg Auto erhält. Vaters Augen traten hervor und seine Haut verfärbte sich nahezu violett, und dann ist er auf uns zugestürmt. Das Sicherheitspersonal des Gerichts musste ihn festhalten.

Unser Anwalt sagte, das Berufungsgericht würde mit Sicherheit eine neue Aufteilung vornehmen.

Nur ist das anscheinend nie geschehen.

»Was macht ihr jetzt?«, fragt Addy. »Führt ihr weiterhin beide Firmen?«

»Die Anteile deines Onkels gehören immer noch deinem Vater«, sagt Mutter.

»Das ist wirklich schade«, sage ich.

»Ich glaube, er würde vielleicht meinen Anteil an den anderen Firmen für Onkel Chris' Anteil eintauschen«, sagt Mutter. »Wahrscheinlich hätte er mit uns lieber auch nichts mehr zu tun.«

»Oder vielleicht hält er aus reiner Gehässigkeit daran fest«, meint Addy.

»Das bezweifle ich. Er würde bei jeder Interaktion mit uns an seine Niederlage denken«, sagt Mutter. »Er wird glauben, dass wir das Geschäft ohne seine Führung gegen die Wand fahren. Daher wäre es in seinen Augen eine schlechte Investition, daran festzuhalten. Wenn wir es schaffen, es erfolgreich weiterzuführen, wird er das noch viel mehr hassen.«

»Du hast recht. Wenn du ihm diesen Handel anbietest und er einwilligt, stimme ich dafür, dass wir die beiden Firmen einfach fusionieren.«

Das Lächeln meiner Mutter strahlt wie die Sonne – das Lächeln, an das ich mich von meinen Buchstabierwettbewerben als Kind erinnere. Das Lächeln von damals, als ein zutrauliches Rotkehlchen im Park auf ihrem Arm gelandet ist. So lächelt sie jedes Mal, wenn sie Addy und mich flirten sieht.

»Ich rufe ihn jetzt gleich an«, sagt Mutter.

»Tu das nicht«, sage ich. »Wir sollten heute feiern.«

Aber sie wählt bereits, und bevor ich sie aufhalten kann, höre ich bereits Vaters brüllende Stimme in ihrem

Ohr. Für mich klingt es eher nach einem Husten, aber mir ist bewusst, wie es sich für sie anhört.

»Nein, Benjamin, das ist nicht der Grund für meinen Anruf. Schadenfreude ist deine Spezialität, nicht meine. Ich rufe an, um dir einen Handel vorzuschlagen.«

Darauf folgt eine Sprechpause. Mein Vater kann nichts auf sich beruhen lassen, ohne seine Meinung hinauszuposaunen.

»Sicher, schätze ich. Aber ich rufe aus dem Grund an, weil ich dir anbieten möchte, meine Teilhaberschaft an Underhill, Quickie und Portable einzutauschen. Ich biete dir meine vierzig Prozent an allen drei Unternehmen im Gegenzug für Chris' vierzig Prozent an Newberg Auto.«

Dann schweigt das Telefon.

Als er endlich das Wort ergreift, fasst er sich kurz. Als meine Mutter auflegt, wirkt sie ein wenig benommen.

»Und?«, fragt Addy. »Was hat er gesagt?«

»Er hat gelacht«, sagt sie. »Angeblich sind die Teilhaberschaften zwanzig Prozent mehr wert als der Anteil an Newberg.«

Ich zucke mit den Achseln. »Ist doch egal.«

»Er braucht eine Rechtfertigung, um zu fühlen, dass ich irgendwie den Kürzeren ziehe«, sagt Mutter. »Und das geht für mich in Ordnung. Also lässt er seinen Anwalt jetzt sofort die entsprechenden Dokumente erstellen. Er glaubt, wir bringen es als Modifikation der Verfügung durch, aber es wäre eine wechselseitige Modifikation der dort festgesetzten Bestimmungen. Wir sind seit heute immer noch offiziell geschieden.«

Eine Enge, von der mir nicht bewusst war, dass sie mir die Brust zusammengeschnürt hat, löst sich auf einmal. Es ist nicht *meine* Scheidung, aber das Elend meiner Mutter hing mein ganzes Leben lang wie ein Schatten über mir.

Und jetzt ist es endlich verschwunden.

Ich werfe einen Blick auf den heutigen Terminkalender – wir haben absolut nichts geplant und die Mittagszeit wie üblich mit Arbeit zugebracht. »Warum machen wir nicht früher Schluss und essen in irgendeinem schicken Lokal, um zu feiern?«, frage ich. »Für heute steht nichts auf dem Plan, das wir erledigen *müssen.*«

Bevor Mama oder Addy antworten können, klingelt schon wieder das Telefon. Normalerweise bekommen wir nicht so viele Anrufe. Möglicherweise müssen wir bald eine Rezeptionistin anstellen – aber das wird nicht notwendig sein, wenn wir uns mit dem Hauptbüro zusammenschließen.

Wow, das sind sehr viele Veränderungen in kurzer Zeit.

»Es ist ein großartiger Morgen bei Vivian Auto«, sagt Addy.

Wir führen das Geschäft seit Monaten unter dem Namen meiner Mutter, trotzdem klingt es immer noch seltsam in meinen Ohren. Ich frage mich, ob Mutter bei Newberg bleiben möchte oder den Namen dieses Geschäfts ebenfalls ändern wird.

»Oh, nun ja, vielleicht. Würde es Ihnen etwas ausmachen, kurz zu warten, damit ich fragen kann?« Sie bedeckt den Hörer mit einer Hand.

»Was ist los?«, frage ich.

»Es ist die PR-Firma«, flüstert sie. »Der Firmenpräsident muss morgen früh unerwartet die Stadt verlassen. Sie wollen das Bewerbungsgespräch auf heute verschieben – auf mehr oder weniger jetzt sofort.«

So viel zum Feiern. »Äh, sicher, ist schon okay.« Ist ja

nicht so, als ob ich ihr sagen könnte, wir hätten zu viel geplant. Mensch. Ich möchte, dass sie den Job annimmt, das weiß ich. Aber nun, da sie ans Vorstellungsgespräch geht, fühlt es sich zu real an. Ich frage mich, wie viel von meiner Unfähigkeit, sie um ein Date zu bitten, mit meiner Furcht vor einem *Nein* zu tun hat. Oder davor, dass es mit uns als Paar nicht klappen würde.

Ich habe meiner Furcht davor, wie mein Vater zu werden, die Schuld gegeben. Aber vielleicht bedeutet mir Addy zu viel, als dass ich riskieren möchte, alles zu ruinieren.

Bei der Vorstellung, sie nicht mehr jeden Tag zu sehen, möchte ich mich zusammenrollen und heulen wie ein kleines Baby. Das würde sie sicher superheiß finden. Oh Mann. Wenige Augenblicke später winkt sie zum Abschied und tritt durch die Tür.

»Du bist ein Idiot.« Mutter lässt sich in einen der Ohrensessel vor meinem Schreibtisch sinken.

»Was?«

»Du, mein geliebter, wunderhübscher, brillanter, gutherziger Sohn, bist ein Idiot erster Güte.«

»Hast du schon etwas getrunken?« Meine Augen suchen den Raum nach Gläsern ab.

Sie schnaubt, was nicht besonders damenhaft ist. »Dieses Mädchen ist dir komplett verfallen.«

Ich verschlucke mich und ersticke beinahe.

»Und du schiebst sie fast schon durch die Tür hinaus. Was um alles in der Welt denkst du dir dabei?«

»Ich habe sie geschoben?« Ich deute auf die Tür. »Sie ist hinausgerannt.«

Sie steht auf. »Gehen wir uns diesen Drink holen, von dem du geredet hast.«

»Drink?« Meine Stimme wird schon wieder brüchig. Könnte es sein, dass ich eine zweite Pubertät durchmache? »Ich habe von einem *Mittagessen* geredet.«

»Oh. Vielleicht bin ich diejenige, die an einen Drink gedacht hat. Egal, gehen wir.«

Drei Stunden später kippt Mama immer noch Margaritas hinunter. Einen Idioten nennt sie mich auch immer noch, aber nicht mehr mit so viel Nachdruck. »Du musst sie zu einer Verabredung einladen – nein, warte. Küss sie einfach.«

»Jetzt erklär mir mal, wie sich das von dem unterscheidet, was mein Vater tun würde.«

Sie streckt zwei Finger in die Höhe. »Erstens bist du nicht verheiratet. Und sie auch nicht.« Sie betrachtet aufmerksam ihre Finger.

»Willst du damit sagen, keiner von uns ist verheiratet?«

»Das habe ich ja gesagt.« Mutter runzelt die Stirn. »Und drittens und vor allem *will* sie von dir geküsst werden. Ich habe gesehen, wie sie dich fernsüchtig anstarrt.«

»Sehnsüchtig?«

»Stimmt.« Sie drückt eine Hand gegen den Tisch. »Du drückst dich nicht sehr verständlich aus.«

Sie hat gerade erst eine dreißigjährige Ehe beendet. Ich sollte nachsichtig sein. »Okay. Ich sollte dir ein Taxi rufen.«

»Ist das deine Art, mir zu sagen, ich soll nach Hause gehen?« Ihre Augenbrauen wackeln.

Ich unterdrücke ein Lachen. »Das war eher ein Vorschlag.«

»Na gut.« Sie verzieht das Gesicht. »Na gut. Gut. Mir geht es gut.«

Ich hinterlasse neben ihren praktisch unberührten Fajitas einige Geldscheine liegen und ergreife ihren Arm. Glücklicherweise sind in dieser Gegend viele Taxis unterwegs, und es dauert nicht lange, bis ich eines herbeigewunken habe. »Bist du dir sicher, dass du es ins Haus schaffst, wenn das Taxi bei mir angekommen ist?«

Sie antwortet mit einem epischen Augenrollen. »Ich habe früher deine Windeln gewechselt. Deine Windeln!«

Ich bin zu meinem Auto unterwegs, als mein Telefon klingelt. Und es ist Addy. Ich wische so schnell und so heftig über den Bildschirm, dass ich es beinahe fallen lasse. »Hallo?«

»Sie haben mir einen Job angeboten!« Sie klingt ekstatisch.

Mein Herz versinkt in meinen Schuhen. »Das ist ja großartig.« Wie sich herausstellt, bin ich nicht sehr gut darin, Begeisterung vorzutäuschen. Meine Antwort klingt sogar in meinen Ohren eher wie I-Aah als wie Richard Simmons.

»Geht es dir gut?«

»Oh, bei mir ist alles in Ordnung«, sage ich. »Absolut in Ordnung.«

»Bist du sicher?«

»Hast du schon zugesagt?«

Sie hält inne. »Ich meine, ihr fusioniert demnächst, oder? Dann braucht ihr mich *wirklich* nicht mehr.«

»Wo bist du?«

»In der Innenstadt«, sagt sie. »Ihr Büro ist *ein Traum*.«

»Ich kann dich treffen. Wir könnten alles bei einem Abendessen besprechen.«

Wir haben uns Essen zum Mitnehmen geholt, wenn wir lange gearbeitet haben. Einige Male haben wir sogar mit meiner Mutter zu Mittag gegessen, aber in den sechs Monaten unserer Zusammenarbeit war ich vorsichtig darauf bedacht, sie nie um ein Essen mit mir alleine zu bitten. Jedes Mal, wenn ich an die Flirterei bei unserem Mittagessen beim Koreaner denke, beschleunigt sich mein Herzschlag.

»Abendessen?«

»Ich bitte dich um ein Date«, sage ich. »Falls das nicht klar war.«

»Oh.«

Mama hat recht. Ich bin ein Idiot. Warum habe ich damit nicht bis zu ihrer Zusage zum neuen Job gewartet? Weil ich – falls sie annimmt – wissen muss, ob ich sie je wiedersehe. Falls sie mir für dieses Abendessen einen Korb gibt, biete ich ihr den doppelten Lohn, nur damit sie ein Teil meines Lebens bleibt. Ich müsste von einem Hungerlohn leben, falls es nicht zur Fusion kommt, aber wen kümmert das schon?

Oh mein Gott, ich bin mein Vater.

»Ja«, sagt sie. »Ich gehe sehr gerne am Abend mit dir essen.«

Es fühlt sich an, als würde ich durch die Luft schweben, segeln, nein, fliegen. »Wie wäre es mit dem Little Bear?«

»Das ist mein Lieblingsrestaurant!«

Das sagt sie, als wüsste ich es nicht bereits. Ich habe es mir vor Monaten gemerkt, nachdem Mary eine entsprechende Bemerkung fallen ließ. »Perfekt.«

»Ich kann in zwanzig Minuten da sein und uns auf die Warteliste setzen lassen. Geht eine längere Wartezeit für dich in Ordnung?«

Wenn sie an meiner Seite ist, sicher. Aber ich habe

entdeckt, dass die Tischdame mich mit einem großzügigen Trinkgeld meist viel schneller ins Lokal bringt. »Ich bin dabei.«

Zwanzig Minuten und ein großzügiges Bestechungsgeld später ist unser Tisch bereit. Ich bin genauso aufgeregt wie vor dem Abschlussball, während ich auf Addy warte. Ich denke an ihr Kleid in dieser Nacht, und an ihr Lächeln. Ich denke daran, wie wir Milchshakes hatten und geredet haben ... nicht annähernd lange genug.

»Ben!«

Ich wirble auf meiner Ferse herum, und obwohl sie dasselbe trägt wie vor einigen Stunden, trifft ihr Outfit mich wie ein rechter Haken gegen das Kinn. Ein zartrosa Businesshemd. Ein dunkler Anzugsmantel und dazu passende maßgeschneiderte Hosen. Eine Gratwanderung zwischen feminin und professionell. Aus einem Guss, kompetent und trotzdem irgendwie umwerfend schön.

Vermassle es nicht, Ben. Das hier setzt du nicht *in den Sand.*

Ich lächle zu ihr zurück, und die Tischdame fordert uns mit einem Winken auf, ihr zu folgen.

»Warte mal.« Addy hält inne. »Wo ist deine Mutter? Sollte sie nicht feiern? Du hast sie doch nicht etwa links liegen lassen, oder?«

Meine Lippe kräuselt sich nach oben. »Sie hat schon zu viel gefeiert. Sie braucht mal kurz eine Auszeit.«

Addy lacht leise in sich hinein. »Du machst Witze.«

»Definitiv nicht. Ich habe sie nach Hause geschickt.«

»Du bist so ein süßer Sohn.« Sie neigt den Kopf. »Ich freue mich so für sie.« So, wie sie die Arme schwenkt, ist ihre Gangart ein wenig unvorsichtig.

Als sie mir etwas zu nahe kommt, nutze ich die Gunst der Stunde und ergreife ihre Hand, um unsere Finger zu verschränken. Sie erstarrt für einen Sekundenbruchteil, bevor ihre Finger ihren Druck gegen meine verstärken. Ihr schiefes Lächeln sagt mir, dass sie meine Gegenwart nicht nur toleriert – sie ist auch glücklich.

»Willst du den Platz an der Wand oder am Flur?«, frage ich.

Addy entscheidet sich für Letzteres, wodurch ich den ganzen Raum überblicken kann. Sie muss sich daran erinnert haben, wie ich sagte, dass ich mich die Hälfte der Zeit nach hinten drehe, wenn ich allen anderen den Rücken zukehre. »Danke.«

Sie zuckt mit den Achseln. »Ich bin kein Jason Bourne. Ich bin damit zufrieden, niemand sonst zu sehen, solange ich dich im Blick habe.« Sie wird rot.

Und ich liebe es so sehr.

»Warum hast du mich um ein Abendessen gebeten?«

Ich bin ein Idiot. Ich bin ein Schwachkopf. Meine Angst ist zu groß.

Die Worte meiner Mutter widerhallen in meinem Gehirn. Sie hat einen anderen Job. Sie kann gehen und mich nie mehr wiedersehen, wenn sie das möchte. Ich verhalte mich nicht wie ein Raubtier.

»Ich mag dich«, sage ich. »Du bist wunderschön, lustig und intelligent. Die Vorstellung, dich nicht jeden Tag bei der Arbeit zu sehen.« Ich drücke mir die Faust gegen die Brust. »Verursacht mir Schmerzen, genau hier.«

Sie blinzelt. »Sagst du, ich hätte den Job nicht annehmen sollen?«

»Ich weiß nicht, was die Zukunft bereithält«, sage ich. »Aber ich weiß, dass ich dich will.«

Sie öffnet den Mund und schließt ihn dann wieder.

»Wenn du gerne mit mir arbeitest, dann will ich das.

Wenn es dich glücklicher macht, deinen Freiraum zu haben und mich nach der Arbeit zu sehen, dann möchte ich das. Ich möchte dich auf jede Weise, in der ich dich haben kann, bei der Arbeit oder zuhause. Je mehr, desto besser.«

Eine Träne rollt über ihre Wange.

Oh, nein. Was habe ich getan?

Ich möchte mich über den Tisch beugen und sie wegwischen, aber in meinem Kopf klingeln die Alarmglocken. Sie *weint.* Bedeutet das, dass ich mein Vater *bin?* Wie nehme ich es zurück? »Addy, es tut mir leid.«

Sie schüttelt den Kopf. »Das muss es nicht.« Sie wischt über die Träne. »Ich weine, wenn ich wirklich, unglaublich glücklich bin. Das ist eine ganz eigene Sache.«

Was sagt sie da?

»Ich liebe dich, Ben.« An diesem Punkt lacht sie, ein hoher, klarer, süßer Klang und überhaupt nicht schrill. »Wahrscheinlich sollte ich das jetzt gerade nicht sagen. Ich meine nur, wir haben uns nie auch nur geküsst, jedenfalls nicht als Erwachsene.«

Das ist ein Problem, für das ich eine Lösung habe. Ein Rätsel, das ich auflösen kann. Ich umrunde unseren Tisch genau dann, als unser Kellner zu uns kommt. »Kein Trinkgeld, wenn Sie nicht kurz auf Distanz gehen.«

Seine Augen weiten sich, er dreht sich um und rennt praktisch davon.

»Was sagtest du gerade?« Ich greife nach ihren Schultern und ziehe sie auf die Füße.

Sie schluckt heftig, die Augen auf meinen Mund fixiert.

Meine Finger streicheln leicht über ihre Wange, den Kiefer entlang und heben dann ihren Kopf, näher zu mir.

Und ich beuge mich nach unten, unten, unten, überstürze es nicht, nicht das hier. Nicht den wichtigsten Kuss meines ganzen Lebens – unseren zweiten ersten Kuss. Ich stoppe eine Haaresbreite vor ihrem Mund, und ihr Atem vermischt sich mit meinem. »Ich liebe dich auch«, sage ich. Und dann drücke ich meinen Mund auf ihren.

Die Welt tritt in den Hintergrund.

Das Restaurant.

Die Jobsituation.

Meine Adresse.

Es gibt nur noch Addy und mich, mich und Addy, ihren Mund auf meinem und ihre Arme, die sich um meine Taille legen. Das sind die einzigen Dinge in der ganzen Welt, die noch eine Rolle spielen.

Sie liebt mich.

Für alles andere finden wir eine Lösung.

14
KAPITEL VIERZEHN: ADDY

An manchen Tagen wünsche ich mir, diesen Job nie angenommen zu haben.

Hudson, der CEO von HotHead, ist ein Wahnsinniger – und das ist nicht gelogen. Er arbeitet und arbeitet und arbeitet und arbeitet, und wenn er das tut, erwartet er von allen, dass sie arbeiten.

Aber es würde ihm nicht im Traum einfallen, von mir zu verlangen, dass ich einen Fall annehme, bei dem ich mich nicht wohlfühle. Und er würde den Profit nie über Menschen setzen. Ich lerne auch eine Menge über meinen Job, das die Schule mir nicht beigebracht hat und das ich auch bei Princeton PR nicht gelernt habe. Hudson hat mir während des Vorstellungsgesprächs keine einzige Lüge aufgetischt. Er hat mir gesagt, dass die Arbeit hier brutal ist, sich aber auch lohnt. Beides trifft zu.

»Hast du endlich Feierabend?«, fragt Ben sofort, nachdem er abgenommen hat.

»Endlich«, sage ich. »Aber du glaubst mir nie, was ich heute machen konnte.«

Ben hört mir zu, ganz geduldig, jeden einzelnen Tag und täuscht zumindest Interesse an all dem PR-Kram vor, von dem ich schwärme. Aber diesmal wird er ganz ehrlich aus dem Häuschen sein. »Ich habe Cliff Owens getroffen.«

Stille. Ist die Verbindung abgebrochen?

»Hast du mich gehört?«

»Der Cliff Owens?«

Ben liebt Autos – was beim Besitzer einer Autoreparaturkette kaum überraschen dürfte. Aber seine zweite Liebe ist Baseball, und Cliff Owens ist die beste Chance der Braves, die Weltmeisterschaft diesmal für sich zu entscheiden. »Der einzig Wahre.«

»Wahrscheinlich gibt es viele Kerle, die Cliff Owens heißen«, sagt er.

»Aber es ist derjenige, an den du gedacht hast. Der Atlanta Braves-Spieler Cliff Owens.«

»Bitte, bitte, bitte sag mir, dass er nichts Furchtbares angestellt hat.«

»Nicht er«, sage ich, »aber seine Freundin.«

»Seine Freundin?«

»Ich glaube, mittlerweile ist sie wahrscheinlich seine Ex«, sage ich. »Anscheinend hat sie den Partnerinnen der anderen Spieler verschreibungspflichtige Medikamente verkauft.«

»Aber er wird nicht dafür bestraft, richtig?«

Wir wollen es nicht hoffen. »Ich bin ziemlich gut in meinem Job«, sage ich. »Er hat nichts Falsches getan und tatsächlich wusste er nicht einmal davon. Niemand wird etwas anderes hören, das verspreche ich dir.«

»Ich liebe dich wirklich«, sagt er. »Und jetzt beschützt du die Hoffnungen und Träume von Millionen.«

Ich lache.

»Sind wir immer noch zum Abendessen verabredet?«

»Sicher«, sage ich. »Ich gehe gerade zu meinem Auto.« Als ich allerdings den Aufzug zum Parkhaus verlasse und die Parkfläche überquere, ist mein Wagen nicht dort. »Oh-oh, meine armen Nerven. Mein Auto ist weg. Sag mir, dass du etwas darüber weißt.«

»Du sagtest, dein Ölwechsel wäre seit einem Monat überfällig.« Er spricht es so aus, wie ich *das Haus brennt* sagen würde.

»Schatz, *viele* Leute machen den Ölwechsel einen Monat zu spät. Die Welt dreht sich immer noch.«

»Ich lasse nicht zu, dass meine Freundin bei einem feurigen Unfall umkommt, der vermeidbar gewesen wäre. Ich bin im Erdgeschoss. In zwei Minuten bin ich bei dir.«

Ich kann mir ein Lächeln nicht verkneifen. Ich hätte ihm schon gar nicht davon erzählen sollen. Feuriger Crash, klar doch. Als sein großer schwarzer Truck neben mich rollt, eine neuere Version dessen, was er in der High School gefahren hat, verbreitert sich mein Lächeln nur noch.

Er kurbelt das Fenster hinunter und pfeift. »Hey, Baby. Willst du mitfahren?«

Manchmal trifft es mich immer noch mitten ins Herz – seine Schönheit und wie weit er außerhalb meiner Liga spielt. »Sicher«, sage ich. »Das wäre toll. Aber nur, wenn du eine Essenspause einlegst. Sonst könnte es sein, dass ich deine Armstützen aufesse.«

»Die hier?« Nachdem ich eingestiegen bin, verschiebt

er seine Armstützen nach oben und nach unten. »Die sind aus Gummi. Das können wir besser.«

»Im Little Bear, richtig?«

Er seufzt. »Sie haben gesagt, sie hätten unsere Reservierung verloren, aber ist schon okay. Ich habe eine andere Idee.«

»Äh, ich habe angerufen und die Buchung persönlich vorgenommen.« Ich ziehe mein Telefon hervor. Dieser Tischdame werde ich mal gehörig den Marsch blasen.

Bens Hand ergreift Besitz von meiner. »Versuchen wir, uns heute nicht allzu sehr aufzuregen. Nicht am Cliff-Owens-Tag.«

»Oh, das erinnert mich an etwas.« Ich ziehe meine Handtasche auf meinen Schoß und wühle darin herum, während Ben das Auto aus dem Parkhaus steuert. »Ich habe dir etwas besorgt.« Ich finde es endlich, die Oberfläche glatt, die Nähte makellos. »Schau mal.«

»Ich kann nicht nachsehen – ich fahre.« Als aber die Ampel vor uns rot wird, reckt er den Hals. »Was. Ist. Das?«

»Genau das, was du vermutet hast.« Ich werfe es ihm zu.

Er keucht und greift daneben. Es landet genau in dem Moment, in dem die Ampel zu Grün wechselt, mit einem dumpfen Geräusch auf dem Boden. Er flucht leise in sich hinein, als er es mit dem Fuß anstößt, und ich lehne mich hinüber und schnappe es mir wieder. »Warum würdest du damit werfen? Ein von Cliff Owens signierter Ball!«

»Liebling, ich werde ihn noch einige Male treffen. Ich habe schon ein Dutzend Bälle auf Amazon bestellt. Du kannst so viele signierte Bälle haben, wie du willst.«

»Nur ein Dutzend?« Seine Augenbrauen heben sich.

Ich atme laut aus. »Na schön. Ich bestelle noch einmal *zwei* Dutzend.«

Er strahlt. »Das ist mein Mädchen.«

Und das bin ich. Seins, meine ich.

Manchmal fühlt es sich immer noch surreal an. Ich bin nicht der Mädchentyp, der sich den bestaussehenden Kerl in Atlanta angelt. Einen Mann, der nun mehrere zehn Millionen Dollar schwer ist. Einen Mann, der hunderte von Menschen führt. Einen Mann, der meinen Puls zum Rasen bringt. Einen Mann, bei dem andere Frauen die Köpfe verdrehen, um einen zweiten Blick auf ihn zu erhaschen.

Ich bin das unauffällige Mädchen. Diejenige, die in Moon Boots herumläuft. Diejenige, deren Vater alles ruiniert und deren Mutter es gut meint, aber Dinge auch zum Entgleisen bringt. Aber er ist hier und holt mich ab, weil er mein Auto für einen Ölwechsel in die Werkstatt gebracht hat. Er lächelt *mich* an. Das ist jetzt mein Leben.

Ich gebe mich so lange meinen Tagträumen hin, dass ich fast schon desorientiert bin, als der Truck stoppt. »Wo sind wir?«

»Ich habe mir gedacht, das wäre das nächstbeste Lokal, wenn das Little Bear voll ist.«

»IHOP?« Ich schaffe es nicht, meine Ungläubigkeit nicht in meiner Stimme mitschwingen zu lassen.

»Nicht nur irgendein IHOP.« Er umrundet den Wagen und öffnet meine Tür. »*Das* IHOP, in dem wir damals nach unserer Flucht vom Abschlussball Milchshakes geschlürft haben.«

Die Erinnerung an diese Nacht – diese perfekte, bizarre, unwahrscheinliche Nacht trifft mich wie ein kalter Wasserschwall ins Gesicht. Warum bringt er mich jetzt hierher? »Du bist was? Völlig ausgehungert nach einem Milchshake?«

Er lacht. »So etwas in der Art.«

Als wir zum Eingang gehen, fällt mir auf, dass auf dem Parkplatz kaum Fahrzeuge stehen. Wir haben Wochenende und IHOP ist vielleicht nicht das Little Bear, aber es sollte hier ziemlich geschäftig zugehen. Warum ist niemand hier? Am Eingang treffen wir auf die Tischdame und zwei weitere Personen.

»Willkommen im IHOP, Miss Thorley.« Die Tischdame macht einen Knicks.

Warum tut sie das?

»Addy, du wirst sofort nach dem Eintreten merken, dass niemand sonst hier ist. Ich habe das Restaurant für den Abend gebucht.«

Warum würde er so etwas tun?

»In der Nacht, in der wir hergekommen sind, fühlte es sich an, als würde die ganze Welt stillstehen. Es fühlte sich an, als wären die einzigen Menschen, die noch zählen, du und ich. Zu dem Zeitpunkt hatte mir niemand je ein solches Gefühl gegeben, und danach auch nicht mehr.«

Ich weiß nicht, was ich sagen soll, und folge ihm durch die Tür. Er hat recht – drinnen sitzen keine anderen Gäste. Der gesamte Speiseraum ist komplett unbesetzt. Mit Ausnahme eines Paars Moon Boots, die mitten auf einem der Tische stehen und mit einer großen roten Schleife umwickelt sind.

»Was ist hier los?« Ich halte an und sträube mich gegen seine Hand, die mich weiterziehen möchte. »Ben Newberg, raus damit. Jetzt sofort.«

»Lass es einfach auf dich zukommen, Addison Thorley«, sagt er mit einem matten Lächeln. »Wenigstens einmal in deinem Leben.«

Ich bin keine Person, die die Dinge einfach auf sich zukommen lässt. Ich bin die Person, die auf die Überholspur wechselt oder abbremst. Aber ihm zuliebe werde ich es versuchen.

Er zieht mich zu dem Tisch. Auf jeder Seite des Stiefelpaars steht ein Milchshake. Einmal Schokolade und einmal Erdbeere.

»Wir hätten an dem Abend etwas essen sollen«, grummle ich.

Er lacht. »Lass mich ein paar Worte sagen, danach kannst du bestellen, was du willst.«

»Perfekt.«

»Addy Thorley, du warst schon immer das Mädchen meiner Träume. Ich habe eine Weile gebraucht, um das zu erkennen – zu lange. Du lässt dir weder auf der Erde noch dem Mond Steine in den Weg legen, stiefelst furchtlos deinem Ziel entgegen und bist immer die Erste, die sich einen eigenen Weg bahnt.«

»Wie oft kannst du heute Abend wohl Anspielungen auf Stiefel machen?«

Er lacht. »Ich bin mir noch nicht sicher.«

Ich verdrehe die Augen, aber er weiß, dass ich nicht verärgert bin. Wie auch?

»Nun, für den nächsten Teil musst du die hier anziehen.« Er wirft die rote Schleife beiseite und überreicht mir die Stiefel.

»Woher hast du die überhaupt?«

»Die Suche hat drei Stunden gedauert«, sagt er. »Deine Mutter und ich hätten beinahe aufgegeben.«

Bei einem der Stiefel tritt hinten etwas Flaum aus.

»Vielleicht hat etwas versucht, da drin ein Nest zu bauen.« Er rümpft die Nase.

Ich hätte sie um ein Haar fallen lassen.

»Aber keine Sorge. Sie sind absolut sauber, und in keinem der Stiefel ist etwas drin.«

Ich seufze. »Warum willst du, dass ich sie anziehe?«

Er streckt mir sein Telefon entgegen. »Tu mir den Gefallen.«

Ich ächze. »Na gut.« Ich schlüpfe aus meinen Pumps und schiebe meinen Fuß zunächst in den nicht von Nagetieren angeknabberten Stiefel. Und dann, ganz zögerlich, den linken Fuß in denjenigen mit der flaumigen Stelle. Allerdings kommt der nicht sehr weit – irgendetwas verstopft den Stiefel. Ich schreie, lasse ihn fallen und stolpere dann nach hinten.

Ben fängt mich mit einem eindeutig viel zu selbstgefälligen Gesichtsausdruck auf.

»Was ist hier los?«

»Glaubst du wirklich, ich würde dir einen Stiefel mit einer Maus darin bringen?« Er schüttelt den Kopf. »Hat es sich pelzig oder matschig angefühlt?«

Nun, da er es erwähnt, fällt mir ein, dass sich hart und spitzig angefühlt hat, was auch immer in diesem Stiefel steckt. Wie eine Schachtel. Eine kleine viereckige Schachtel. *Für die Liebe.* Ich schubse Ben weg und greife nach dem Stiefel, um dann meine Hand hineinzuzwängen. Die Schachtel, die ich herausziehe, ist hellblau.

Auf der Oberseite steht *Tiffany's.*

Während ich sie in den Händen halte, bildet sich in meiner Brust ein Kloß, und als ich mich dann wieder zu Ben drehe, kniet er. Er hat die Hände verschränkt, als würde er beten.

»Heirate mich, Addy. Bitte?«

»Du solltest auf einem Knie sein«, zische ich. »Du machst es falsch.«

»Nein.« Er schüttelt den Kopf. »Wenn man wegen etwas wirklich besorgt ist und es alles ist, das für einen zählt, reicht ein Knie nicht aus. Ich schwöre, falls du ja sagst, verbringe ich den Rest meines Lebens damit, die zehn Jahre wieder gutzumachen, die ich verschwendet habe. Ich tue alles, was nötig ist, um dich glücklich zu machen. Ich kümmere mich um dich und nur dich. Und ich werde nie und nimmer zulassen, dass sich noch einmal etwas oder jemand zwischen uns stellt.«

Ich werfe die Schachtel auf den Tisch und ziehe Ben auf die Füße. »Natürlich heirate ich dich, du Idiot. Und jetzt küss mich.«

Und das tut er auch. Oh, und wie.

EPILOG

»Du sagst, er hat mit dir Schluss gemacht ... als du ihm sagtest, dass du keine Kinder willst?« Ich schüttle den Kopf. Das ergibt keinen Sinn. »Du hast schon immer gesagt, dass du keine Kinder willst.«

Tränen strömen über Marys Gesicht. »Ja, bei unserem ersten Date.«

»Ich erinnere mich daran«, sage ich. »Ich war dabei.«

»Genau.« Mary hält ihren Verlobungsring zwischen Daumen und Zeigefinger und starrt wie betäubt darauf.

Es bricht mir das Herz, sie so zu sehen. Auf der ganzen Welt gibt es abgesehen von meinem süßen Ehemann und zwei allerliebsten kleinen Mädchen niemanden, den ich mehr liebe als sie. Ich möchte sie nicht noch mehr verletzen – das ist das Letzte, was ich möchte – aber jetzt muss ich es. »Darf ich dich etwas fragen?«

Mary starrt immer noch mit fast schon glasigen Augen auf den Ring.

»Mary.«

Sie schnellt hoch, als hätte sie mich eben zum ersten Mal gehört.

»Darf ich dich etwas fragen?«

»Hast du das nicht gerade gemacht? Ich meine nur, die Frage ist immer noch eine Frage.«

Ihr komischer Sinn für Humor ist beruhigend. 110 Prozent Mary. »Stimmt. Aber das setzt normalerweise voraus, dass ich etwas Wichtigeres fragen muss. Etwas, bei dem ich mir Sorgen mache, dass es dich vielleicht aufregt.«

Mary lässt den Ring auf meinen Kaffeetisch fallen und kämpft sich auf mein Sofa zurück. »Wie viel schlimmer kann es denn heute noch werden? Frag nur.«

»Warum willst du keine Kinder?«

Mary blinzelt. »Meinst du das ernst?«

»Nein, ich meine *warum*. Deine Eltern waren furchtbar, ja. Deine Mutter ist einfach gegangen und dein Vater war ein Trinker, und du musstest Trudy und dich selber aufziehen.« Ich zucke mit den Achseln. »Es ist nicht fair, aber irgendwie ist es auch das, was dich zu dieser unglaublichen Person gemacht hat, die du heute bist.«

»Das verstehe ich nicht.«

»Du liebst meine Mädchen. Ich habe gesehen, wie du mit ihnen umgehst. Sie lieben dich auch, und es geht dir in ihrer Gegenwart nicht schlecht.«

Mary schließt die Augen und ich möchte mir den Mund zunähen. Warum muss ich sie ausgerechnet heute damit behelligen?

Aber ich kenne den Grund.

Foster war wie für sie gemacht. Er war wohltätig, kultiviert, gutaussehend und sogar reich – wahrscheinlich der begehrteste Junggeselle Atlantas, zumindest, seit Ben nicht mehr zu haben war. Ich war überglücklich für Mary, als die beiden begonnen haben, sich zu verabreden. Und als er ihr dann den Antrag gemacht hat? Ich würde es niemals zugeben, aber ich hatte ihr bereits das hübscheste Babykleidchen gekauft.

Und ein Paar Stiefelchen.

Und ein Kuscheltuch.

Sie *hat* immer gesagt, sie wolle keine Kinder, aber ich habe nicht wirklich *geglaubt,* dass sie es auch so meint. Anscheinend hat Foster ihr auch nicht geglaubt. Jedenfalls nicht bis heute.

»Er ist Schickimicki-Foster der Fünfte oder so ähnlich. Du musst gewusst haben, dass seine Familie Kinder erwarten würde.«

Mary schluckt und ihre Augen starren auf die Wand. Wenigstens umklammert sie nicht mehr diesen blöden Ring.

»Schau mal, es war nicht meine Absicht, meine Nase in deine Angelegenheiten zu stecken. Wirklich nicht. Aber du wirkst aufgewühlt. Ich möchte sicherstellen, dass du wirklich gut darüber nachgedacht hast. Der Junge scheint dir zu Füßen zu liegen ...«

Sie schüttelt den Kopf. »Als ihm klar wurde, dass ich keine Witze mache, hat er keine Sekunde gezögert.« Sie dreht sich endlich zu mir um, ein gequälter Ausdruck in den Augen. »Er hat mich bedrängt und insistiert, aber als er dann erkannte, dass ich es ernst meine ...« Sie zuckt mit den Achseln. »Das war es dann. Die zwei Wochen Hochzeitsvorbereitung, das Mittagessen mit seiner Mutter, die Einladungskarten, die wir ausgesucht hatten – es war, als wäre all das völlig unbedeutend. Wenn ich keine Kinder produzieren wollte, dann war es für ihn vorbei.«

Ich frage mich zum ersten Mal, ob das weniger damit

zu tun hat, was Mary *ihrer eigenen Auffassung* nach nicht will und mehr mit Marys Einschätzung ihres Werts als Person. Außerdem revidiere ich meine Beurteilung von Foster. Wenn er meine Mary nicht genug liebt, um ihr *komme, was wolle* beizustehen, dann verdient er sie nicht.

Meine liebste Freundin wird Kinder haben. Ich bin mir nicht sicher, warum ich das weiß, ich weiß es einfach. Aber bevor sie die Kindererziehung ausloten kann, muss ihr erst klar werden, dass auch sie Liebe verdient. Sie muss in ihrem tiefsten Inneren wissen, dass sie auf eine Weise liebenswert ist, die ihre Familie ihr nie gezeigt hat.

Foster hat genauso elendig versagt wie ihre Familie.

Was bedeutet, dass er all seiner Vorzüge zum Trotz nicht der Richtige für sie ist.

Der richtige Mann für Mary wird das strahlende Licht in ihr erkennen.

Er wird sich nicht aus dem Staub machen, wenn sie gegen das Kinderkriegen protestiert.

Es wird ihn nicht kümmern, wenn sie sagt, sie wäre mit ihrem Job verheiratet.

Es wird ihn nicht kümmern, dass sie noch nicht an sich selbst glaubt.

Denn er wird ihr zur Seite stehen, bis sie diesen Glauben findet.

Ich wünschte nur, sie würde sich endlich beeilen und ihn finden. Sie so zu sehen fühlt sich an, als sehe man einer Abrissbirne zu, die gerade eben den Taj Mahal zertrümmert. Oder einem Hund, der sich über die perfekte Hochzeitstorte hinmacht, während man nicht hinsieht. Oder meinen wunderschönen Babys, die gerade ein druckfrisches Taschenbuch vollsabbern.

Eine Abscheulichkeit, genau das ist es.

Unglücklicherweise gibt es nicht viel, was ich dagegen ausrichten könnte. Mary hört mir nicht zu. Sie wird mich nicht *hören,* wenn ich ihr erzähle, sie könne die Arbeit und die Familie auf eine Weise vereinen, zu der ihre Eltern nie fähig waren. Sie wird es nicht *begreifen,* wenn ich ihr sage, dass sie nicht einmal annähernd so ist wie ihre Mutter oder ihr Vater. Wird nicht *verstehen,* wenn ich ihr sage, dass das größte Glück auf dieser Erde darauf beruht, jemand anderem zu dienen und sich selbst zu vergessen.

Eines Tages aber – hoffentlich bald – wird sie all das selbst erleben. Und wenn es dann soweit ist? Dann kommt es zu einem wunderbaren Erwachen.

»Okay, hör mir zu.« Ich lasse mich neben ihr aufs Sofa plumpsen und lege einen Arm um ihre Schultern. »Du bist brillant. Du bist warmherzig. Du bist talentiert. Du bist loyal.« Ich seufze. »Und Foster ist ein fehlgeleitetes, hohlköpfiges, selbstsüchtiges Schwein. Du hast Glück, dass du ihn los bist. So kannst du mehr Zeit mit mir und deiner Schwester Trudy verbringen, von der ich glaube, dass sie deine Hilfe gerade wirklich braucht.«

Mary wischt sich die Wangen trocken und schüttelt den Kopf, um sich aus ihrem Jammertal zu befreien, wie sie es immer tut. In all den Jahren, seit ich sie kenne, hört Mary nur dann auf, Trübsal zu blasen, wenn sie jemandem helfen kann. Was auch genau die Eigenschaft ist, die sie zur weltbesten Mutter machen wird, wenn sie erst einmal erkennt, dass sie dafür geboren wurde.

»Danke, Addy. Ich liebe dich.«

»Ich dich auch, Mary. Das habe ich schon immer.«

»Ich schätze mich glücklich, dass ich dich habe.«

»Das bist du wirklich«, sage ich. »Und jetzt überlegen

wir uns mal, welche furchtbaren Dinge wir Foster antun, um ihn für seine Idiotie bezahlen zu lassen.«

Mary lacht, als hätte ich einen Scherz gemacht. Wenn sie nur wüsste. Bens Mutter hat gerade eben von der schrecklichen Tochter eines ihrer Freunde gesprochen – ein Mädchen, das es nur darauf abgesehen hat, jemanden mit einem fetten Bankkonto zu heiraten. Jemanden genau wie Foster. Hätte er nicht genau so eine Person wie Jessica Hansen verdient? So heißt sie doch, oder?

Nein. Sie ist zu gut für ihn. Ich muss mir etwas Schlimmeres ausdenken.

»Ich will Eiscreme«, sagt Mary.

»Hey«, sage ich. »Das ist toll.«

»Was ist toll?«

»Dass wir schon dazu übergegangen sind, unsere Gefühle wegzufuttern! Ich bin so stolz auf dich!« Abführmittel in seiner Eiscreme? Die Idee hat etwas, aber ich bin mir nicht sicher, wie ich sie umsetzen würde. Es wird Tage, vielleicht Wochen dauern, mir die perfekte Racheaktion zu überlegen. Aber anders als Mary bin ich geduldig genug, dass ich irgendwann darauf komme, und ich vergesse meinen Groll nie.

Er wird schon noch sehen, was er sich damit eingebrockt hat, Marys Gefühle derart zu verletzen.

»Doppelte Schokocreme?« Mary lächelt. »Wogegen hilft das schon nicht?«

»Nicht viel«, sage ich. »Überhaupt nicht viel.«

Die gute Nachricht ist, dass ein strahlendes Licht wie Mary sich nicht lange unterbuttern lässt. Ich sage ihr eine glänzende Zukunft voraus.

Ich habe beschlossen, ein Bonuskapitel zu Ben und Addys Hochzeit zu schreiben. Dieses ist nur erhältlich, indem man sich **hier** für meinen Newsletter anmeldet. (https://BookHip.com/RPRCSNB)

Sollten Sie sich bereits für meinen Newsletter registriert haben, haben Sie eine Einladung erhalten, über die sich das Bonuskapitel zur Hochzeit herunterladen lässt! Die Hochzeit ist verrückt. Sie ist chaotisch. Und zudem wunderschön. (Für die Geschichte ist sie nicht absolut notwendig, aber ich hatte Spaß beim Schreiben!)

**Und falls Sie Marys Geschichte (*Gefundene Liebe – mit dem Witwer*) lesen möchten, können Sie sie sich jetzt sofort holen! Darin erzähle ich die Liebesgeschichte von Mary, Addys bester Freundin aus diesem Buch. Sie braucht zwar etwas mehr Zeit dafür, aber am Ende findet auch sie ihr ewiges Glück.

Gefundene Liebe
mit dem
Witwer
B.E. BAKER

www.ingramcontent.com/pod-product-compliance
Lightning Source LLC
Chambersburg PA
CBHW061445210726
48287CB00007B/2370

* 9 7 8 1 9 4 9 6 5 5 6 5 0 *